Kleine Weihnachtsschmökerei

Eine Geschichtensammlung zu Weihnachten

Sally West

Bibliografische Information der Deutschen Nationalbibliothek
Die Deutsche Nationalbibliothek verzeichnet diese Publikation in der Deutschen Nationalbibliografie; detaillierte bibliografische Daten sind im Internet über die Adresse http://dnb.ddb.de abrufbar.

Registerhaltig gesetzt aus der Garamond
Vorlage: »Bonjour Monsieur Claude Garamond«, *A5Garamond_v1.0.0* von Johann-Christian Hanke, www.jchanke.de

Printed in Germany

1. Auflage Dezember 2019.
Dieses Buch ist auch als eBook erhältlich, eventuelle Abweichungen zwischen Printausgabe und eBook sind technischen Umständen geschuldet.

ISBN: 9781712899281
Imprint: Independently published

Cover-Gestaltung: Sandra Vogel, piepmatz Verlag & Design, Fürth; www.piepmatz-verlag.de
Cover-Illustration: Andrea Galonska, Soltau
Lektorat & Textsatz: Ariane Israel, Soltau
Webdesign & Bildbearbeitung: Christian Wußmann, Erfurt; www.christian-wussmann.de
Recherche-Assistenz: Thomas Lichte, Haan
Grafikvorlagen mit freundlicher Unterstützung von pixabay.com
Dieses Buch wurde mit Ressourcen von Freepik.com erstellt.

Widmung

Gewidmet meinen fleißigen Weihnachtselfen

Andrea
Ariane
Christian
Sandra
und unserem Erklärbär Thomas.

Inhaltsverzeichnis

»Wenn du es träumen kannst,
kannst du es auch tun.«

Walter Elias Disney

Frederick

Frederick balancierte auf den Zehenspitzen und versuchte, im obersten Küchenschrank das Nuss-Nougat-Glas zu greifen. Das dunkle Haar fiel ihm in die Stirn, die Zungenspitze lugte vor Anstrengung zwischen den zusammengepressten Lippen hervor. Endlich berührten seine Fingerspitzen den gerippten Deckel des geliebten Brotaufstrichs, doch er schaffte es nicht, das Glas zu greifen. Frederick flitzte aus der Küche, um den Hocker aus der Besenkammer zu holen. Im Flur prallte er mit Olga zusammen. Die Haushaltshilfe breitete die Arme aus und wirbelt Frederick lachend im Kreis herum.

»Wohin so eilig?«, fragte Olga mit ihrem weichen, russischen Akzent.

Fredericks blasses Gesicht wurde rot und er schlug die Augen nieder.

»Mir kannst du es doch sagen.« Olga schaute in die Küche und sah die offenstehende Schranktür. Sie stellte Frederick auf seine Füße und strich ihm das Haar aus der Stirn.

»Hunger?«, fragte sie, und schob den kleinen Jungen zurück in die Küche. Frederick nickte. Olga holte das Nuss-Nougat-Glas aus dem Schrank und griff nach einem Laib Weißbrot, das im Brotkasten, der ganz hinten auf dem Brett versteckt war, lag. Sie zwinkerte Frederick zu und schnitt eine dicke Scheibe ab, bestrich sie üppig mit Butter und dem Aufstrich und reichte sie dann dem Jungen. Frederick strahlte sie aus seinen blauen Augen an und schob das Brot soweit es ging in seinen Mund.

»Hmm«, brummte er mit vollen Backen, und biss erneut in die Brotscheibe.

»Vergiss nur nicht, dein Gesicht zu waschen«, sagte Olga, und wischte mit gekrümmtem Zeigefinger einen dicken Klecks von Fredericks Nase.

»Sonst sieht deine Mutter sofort, dass wir ihre Regeln gebrochen haben.«

Fredericks Mutter Daniela war überzeugt, dass ihr Sohn keinerlei Süßigkeiten essen sollte. Weißmehlprodukte standen ebenso auf ihrer Verbotsliste wie Fertiggerichte, Hamburger und Pommes Frites. Daniela achtete als erfolgreiche Managerin einer Werbeagentur sehr auf ihre Figur und Fitness und übertrug ihre Lebensweise ganz selbstverständlich auf ihren Mann und ihren Sohn. Olga, deren runde, wohlgenährte Figur ganz und gar ihr warmherziges Wesen widerspiegelte, hatte Mitleid mit dem sechsjährigen Jungen und versteckte manche verbotene Leckerei in der Edelstahl-Hochglanz-Küche. Mit liebevollem Blick betrachtete sie Frederick, der in Windeseile sein Brot verputzte, und überlegte, wie sie ihm eine vorweihnachtliche Freude bereiten könnte.

»Morgen gehe ich zum Wochenendeinkauf, dann bringe ich Lebkuchen mit. Wenn du magst, kaufe ich auch Mehl, Zucker, Eier, Butter und Gewürze, und wir backen Weihnachtsplätzchen zusammen.« Olga sah Frederick mit einem Lächeln an.

»Oh ja, Olga, das wird Spaß machen. Aber wir müssen uns ein gutes Versteck für die Plätzchen ausdenken, damit Mama sie nicht findet.« Frederick hatte die Stirn in Falten gelegt und sah Olga mit ernster Miene an. Olga lachte.

»Wir werden uns ein so gutes Versteck ausdenken, dass wir selbst mächtig nachdenken müssen, wo sie sind.«

»Olga, du bist lustig.« Frederick kicherte und schlang seine Arme um Olgas Bauch.

»Was machst du denn, bis deine Eltern zum Abendessen kommen?«

Frederick zuckte mit den Schultern.

»Sieh mal, es fängt an zu schneien.« Olga deutete auf das Küchenfenster, aus dem man auf die hell erleuchtete Stadt hinunterschauen konnte. Dicke Flocken tanzten in der Dunkelheit, hatten schon eine dünne, weiße Decke über den Garten des exklusiven Gebäudes gelegt, in dem sich das Penthouse befand, das Fredericks Zuhause war.

»Möchtest du nicht noch ein Stündchen im Schnee spielen?«

Frederick schüttelte den Kopf.

»Das macht allein keinen Spaß. Meine Freunde sind alle schon im Urlaub.« Frederick stand mit hängenden Schultern am Fenster und schaute in die Dunkelheit. Seine Eltern hatten auch mit ihm in die Berge fahren wollen, aber dann gab es wieder zu viel zu tun in der Agentur und Daniela hatte keinen Urlaub nehmen können. Olga legte ihre Hände auf Fredericks schmale Schultern.

»Hast du denn schon einen Wunschzettel für den Weihnachtsmann geschrieben?«

Frederick drehte sich um und sah Olga mit großen Augen an. Er schüttelte den Kopf.

»Ich kann doch nur meinen Namen schreiben.«

»Dann machen wir das zusammen. Geh Papier und bunte Stifte holen.«

Blitzschnell war Frederick aus seinem Kinderzimmer zurück, die Hand voller Buntstifte und einem Blatt Papier. Olga saß am Tisch und klopfte auffordernd auf ihren Schoß. In schöner, geschwungener Handschrift schrieb sie oben auf das Blatt:

An den Weihnachtsmann
Wunschzettel von ...

»Und da schreibst du deinen Namen hin.« Olga drückte Frederick den Stift in die Hand. Mit zusammengekniffenen Augen, die Zungenspitze zwischen den Lippen, schrieb Frederick seinen Namen.

»Sehr schön hast du das gemacht. Was wünschst du dir vom Weihnachtsmann?«

Frederick kaute auf dem Ende des roten Buntstifts, wandte das schmale Gesicht Olga zu und sagte leise, beinah flüsternd:

»Einen Weihnachtsbaum.«

Olgas Augenbrauen schnellten in die Höhe.

»Ja, genau so einen, wie er auf dem schönen Buch ist, das in der Buchhandlung in der Hauptstraße im Fenster steht.«

»Einen Weihnachtsbaum? Den stellen deine Eltern doch sowieso auf.«

Frederick schüttelte heftig den Kopf. »Mama sagt, das ist überflüssiger Tand und nicht mehr zeit … zeit …,« Frederick sah Olga hilfesuchend an.

»Zeitgemäß meinst du?«

Frederick nickte. Olga räusperte sich. Sie suchte verzweifelt nach einer Antwort, die sie dem kleinen Jungen geben konnte, ohne etwas Negatives über ihre Arbeitgeberin zu sagen. Ihr wollte einfach nichts Passendes einfallen. Sie wich dem erwartungsvollen Blick Fredericks aus und sagte schließlich: »Vielleicht fragst du mal deinen Vater?«

»Das habe ich doch schon, gestern erst. Vater sagt, das ist Mamas Sache. Alle meine Freunde haben einen Weihnachtsbaum zuhause, sogar Mahmut.«

»Hm, dann schreiben wir *Weihnachtsbaum* auf deinen Wunschzettel und du malst einen Weihnachtsbaum daneben. Wir werden sehen, was der Weihnachtsmann tun kann. Was wünschst du dir denn noch?«

Während Olga eine lange Reihe von Geschenkideen aufzählte, von Eisenbahn bis Autorennbahn, wurde die Haustür aufgeschlossen und Danielas Absätze klapperten über den Steinboden des Flurs.

»Hallo ihr zwei, was macht ihr denn da?« Mit Schwung landete die Umhängetasche von Fredericks Mutter auf dem Küchentisch. Olga wischte hastig einige Weißbrotkrümel von der Tischplatte. Bevor sie oder Frederick eine Antwort geben konnten, hatte die Mutter das Blatt Papier vom Tisch gegriffen.

»*Wunschzettel an den Weihnachtsmann*«, las sie vor. »L. A., du weißt doch, dass es keinen Weihnachtsmann gibt. Du bist doch kein Baby. Es gibt keinen Weihnachtsmann, kein Christkind und auch keinen Osterhasen, basta!« Daniela sah ihren Sohn mit vorwurfsvoller Miene an.

Olga gab es jedes Mal einen Stich ins Herz, wenn ihre Chefin ihren Sohn L. A. nannte. Am Anfang ihrer Anstellung hatte Olga gefragt, wofür L. A. stehe. Olga dachte an so etwas wie ›little angel‹, sie hatte schnell gemerkt, dass Daniela eine Vorliebe für Anglizismen hatte. Als Fredericks Mutter ihr lächelnd sagte, dass L. A. für ›little accident‹ stand, hatte Olga sie mit unverhohlenem Entsetzen angesehen.

»Und Sie, Olga, ich dulde nicht, dass Sie solche Kindereien unterstützen.« Daniela zerknüllte den Wunschzettel und warf ihn in den Abfalleimer.

»Wenn Sie den Tisch für das Abendessen gedeckt haben, können Sie Feierabend machen. Ich habe Rohkostsalate mitgebracht.«

Olga, froh, eine Beschäftigung zu haben, drehte sich zu den Küchenschränken und nickte.

»Und du, L. A., gehst Hände waschen und kommst zum Essen, dein Vater kommt jeden Moment.«

Frederick warf einen verstohlenen Blick auf den Abfalleimer und trottete aus der Küche.

»Bis morgen, Olga«, sagte er im Hinausgehen.

***

Daniela und Richard hatten sich mit einem Glas Rotwein in das Wohnzimmer zurückgezogen, als Frederick auf Zehenspitzen die Treppe hinunterschlich, um den Wunschzettel aus dem Müll zu retten. Daniela tippte auf ihrem Laptop herum und Richard telefonierte mit seinem Handy. Frederick konnte unbemerkt am Wohnzimmer vorbeischleichen und das zerknüllte Blatt Papier aus der Küche holen. Vorsichtig machte er sich auf den Rückweg, hatte schon den Treppenabsatz erreicht, als er die gedämpfte Stimme seiner Mutter hörte.

»Richard, wir müssen über L. A. reden.«

Frederick blieb stehen und lauschte mit angehaltenem Atem.

»Olga hat keinen guten Einfluss auf ihn. Sie verhätschelt ihn.«

»Wie meinst du das?«, fragte Richard, und legte das Handy neben sich auf das Sofa.

»Heute hat sie mit ihm einen Wunschzettel an den Weihnachtsmann geschrieben. Wir sind uns doch einig, dass L. A. nicht mit solchen Kindereien verzärtelt werden soll.« Daniela warf ihrem Mann einen fragenden Blick zu.

»Hm«, brummte Richard, und griff erneut nach seinem Mobiltelefon.

»Richard!« Daniela hob die Stimme.

»Du hast sicher recht, Liebling.« Richard sah seine Frau leicht verwirrt an.

»Ich denke, wir müssen seine Erziehung in professionelle Hände geben. Was hältst du davon, wenn wir ein gutes Internat für L. A. suchen?«

Frederick hätte um ein Haar aufgeschrien, im letzten Moment schlug er sich die Hand vor den Mund. Er war unfähig, sich zu bewegen. Mit aufgerissenen Augen starrte er in das Wohnzimmer. Seine Beine zitterten in der gestreiften Schlafanzughose, seine Hand krampfte sich um das Treppengeländer. Erschrocken beobachtete er, wie sein Vater aufstand. Frederick zwang sich, eine Fußspitze auf die Treppenstufe zu setzen, über die Schulter sah er noch, wie sein Vater sich über seine Mutter beugte und sie auf das Haar küsste.

»Wie du meinst, Liebling. Wir werden darüber nachdenken.«

Daniela sprang auf und blitzte Richard zornig an.

»Dieses ganze verlogene Weihnachtsgetue! Wozu? Da hat man große Erwartungen, von wegen Liebe und Harmonie, und am Ende gibt es doch nur Streit und Enttäuschungen.«

Richard sah seine Frau überrascht an und entdeckte Tränen in ihren Augenwinkeln. Sie ließ sich auf das Sofa fallen und weinte kaum hörbar.

»Ich will unserem Sohn das alles ersparen.« Daniela schaute zu Richard auf und wischte sich die Tränen aus dem Gesicht.

Frederick war die Stufen hinaufgehastet, lief, so schnell es geräuschlos möglich war, in sein Zimmer und warf sich aufs Bett. Weinend umarmte er sein Plüsch-Känguru.

»Ich will auf kein blödes Internat!« Frederick hatte keine genaue Vorstellung, was ein Internat war. Er glaubte einfach, dass seine Eltern ihn weggeben wollten. Schluchzend schüttelte er das Stofftier, das sein Vater ihm im letzten Jahr von einer Geschäftsreise aus Australien mitgebracht hatte. Es hatte ihn darüber hinwegtrösten sollen, dass der Vater das versprochene Zelten im letzten Moment abgesagt hatte. Frederick warf das Känguru in die Zimmerecke und kramte das zerdrückte Papier aus der Schlafanzugtasche. Vorsichtig glättete er den Wunschzettel mit der Hand, wischte eilig die Tränen mit dem Ärmel weg, damit Olgas Handschrift nicht verwischte. Frederick drückte den Wunschzettel an sich und weinte sich in den Schlaf. Er träumte von Olga, die in ihrer weißen Schürze Berge von Zuckerkringeln und Schokoladenplätzchen buk. Im Wohnzimmer stand ein Weihnachtsbaum, der strahlte und mit Weihnachtsschmuck behängt war. Unter dem Baum lagen bunt verpackte Päckchen, Vater und Mutter saßen auf dem Sofa und schauten ihm lächelnd beim Auspacken zu. Olga trug ihr bestes Kleid, saß neben ihm auf dem Boden und summte ein Weihnachtslied.

***

»Frederick, du Schlafmütze. Frühstück ist fertig.« Olga stand in Fredericks Zimmer und öffnet die Vorhänge. Trübe Wintersonne fiel ins Kinderzimmer. Frederick blinzelte Olga aus verweinten Augen an.

»Komme runter«, murmelte er, und schlug die Bettdecke zurück, dabei segelte der Wunschzettel auf den Teppich. Olga bückte sich und gab ihn Frederick zurück. Er blickte auf die geschwungene Handschrift und betrachtete den Weihnachtsbaum, den er gemalt hatte. *Es gibt keinen Weihnachtsmann, du bist kein Baby mehr, ein Internat suchen …* Frederick hallte die Stimme seiner Mutter im Ohr. Olga bemerkte die Tränen, die in Fredericks Augen schimmerten.

»Wenn ich vom Einkaufen zurück bin, schreiben wir einen neuen.« Olga wuschelte Frederick durch die Haare und lächelte ihm aufmunternd zu. Frederick nickte wortlos, zog seinen Bademantel über und folgte Olga in die Küche. Lustlos schob er das Marmeladenbrot auf seinem Teller herum.

»Hast du keinen Hunger?« Olga sah Frederick besorgt an.

Frederick schüttelte stumm den Kopf und griff nach dem Becher mit dampfendem Kakao.

»Vorsicht, heiß!«, ermahnte Olga. »Wenn du fertig gefrühstückt hast, zieh dich an und such dir eine Schürze im Schrank. Du hast doch nicht vergessen, dass wir heute backen wollen?« Mit gespieltem Tadel sah Olga Frederick an. Sie nahm Einkaufstasche und Geldbörse aus einem Schrank und holte ihren Mantel aus dem Flur. »Ich bin bald zurück.«

Die Tür fiel ins Schloss und Frederick rannte die Treppe hinauf in sein Kinderzimmer. Er holte seinen Rucksack aus dem Schrank, packte eine Unterhose, ein Paar Socken und einen Pullover ein. Er zog den Schlafanzug aus, stopfte ihn oben auf den Rucksack und zog Jeans und seinen Lieblingspulli mit dem Rentier an. Frederick klemmte sich Känguru unter den Arm, sah sich in seinem Zimmer um und lief in die Küche zurück. Die Reste seines Frühstücks wickelte Frederick in Butterbrotpapier und stopfte es mit einer Banane und einer Mandarine in die Außentasche seines Rucksacks. Im Flur stieg er in die Winterstiefel, schlüpfte in die Daunenjacke und hängte das Schlüsselband mit seinem Hausschlüssel um den Hals.

»Ihr braucht mich nicht weggeben, ich gehe schon«, murmelte er.

Auf der Straße war es ruhig, die meisten Menschen waren bei der Arbeit oder schon im Weihnachtsurlaub. Frederick lief mit hängendem Kopf durch die Straßen, er hatte kein Ziel, lief einfach weiter. Es war kein weiter Weg von seinem Zuhause bis zum Waldrand. Die Bäume waren weiß gezuckert und der schmale Weg, der in den Wald führte, von einer dünnen Schneedecke bedeckt. Frederick stapfte voran, drehte sich um und betrachtete die Fußspuren, die er hinterließ. Er nahm Känguru an den Pfoten, setzte es zwischen seine Beine in den Schnee und hüpfte mit ihm rückwärts. In dieser Weise legten sie ein Stück Weg zurück – bis eine Baumwurzel ihm die Füße wegzog und Frederick unsanft auf seinem

Hinterteil landete. Känguru flog im hohen Bogen hinter ihn und landete unter einer großen Tanne mit tiefhängenden Zweigen. Frederick kullerten Tränen über die Wangen, er versuchte aufzustehen, sein linkes Fußgelenk schmerzte höllisch. Auf einem Bein balancierend, rieb er seinen schmerzenden Popo und sah sich nach dem Plüschtier um. Vorsichtig setzte er den verletzten Fuß auf der Spitze auf und humpelte unter die Tanne zu Känguru. Frederick setzte sich an den Baumstamm, klopfte den Schnee von dem Tier und stopfte es unter seine Jacke. Schnee rieselte herab, als ein Rotkehlchen auf einem Tannenzweig über Fredericks Kopf landete. Frederick legte den Kopf in den Nacken und schaute hinauf.

»Hallo Vogel, bist du auch ganz allein?«

Das Rotkehlchen legte den Kopf auf die Seite und sah den Jungen aus seinen schwarzen Knopfaugen interessiert an.

»Hast du Hunger? Ich schon.« Frederick holte sein Marmeladenbrot aus dem Rucksack und brach einige Krümel ab und warf sie in den Schnee. Das Rotkehlchen breitete seine Flügel aus und flog davon. Frederick schaute ihm hinterher, seine blauen Augen schwammen in Tränen, die über seine Wangen rollten und ihm vom Kinn auf die Jacke tropften. Er zog die Nase hoch, stopfte das Brot zurück in den Rucksack und holte Känguru unter der Jacke hervor.

»Was mache ich denn jetzt nur?« Frederick sah Känguru verzweifelt an.

»Weglaufen kann ich so nicht mehr, mein Fuß tut so weh. Zurück will ich nicht, da will mich ja doch keiner, außer Olga, und ich glaube, Mama mag Olga gar nicht.«

Er setzte Känguru auf seine angewinkelten Knie und schob die Hände in die Hosentasche. Mit der rechten Hand fühlte er zusammengefaltetes Papier. Frederick zog es hervor und betrachtete den Wunschzettel, den Olga geschrieben hatte.

»Und einen Weihnachtsbaum bekomme ich sowieso nicht.« Frederick schluchzte, seine schmalen Schultern zuckten, seine Unterlippe zitterte. Sein Hosenboden war durchnässt und er schlotterte vor Kälte. Er ließ das Kinn auf die Brust sinken und zog Känguru an sich.

»Wir bleiben einfach hier sitzen«, murmelte Frederick in das Fell von Känguru. Gerade fielen ihm die Augen zu, als eine dicke Schneeflocke auf seiner Nase landete. Er wischte sie weg, ohne die Augen zu öffnen. »Platsch«, ein ganzer Schneeklumpen landete in seinem Gesicht. Erschrocken riss Frederick die Augen auf. Vor seinen Füßen saß ein rotbraunes Eichhörnchen und sah ihm direkt in die Augen.

»Hallo Frederick«, sagte das Eichhörnchen.

Frederick starrte das Tierchen mit offenem Mund an. Er brachte keinen Mucks hervor.

»Du heißt doch Frederick?« Das Eichhörnchen machte einen Satz auf Fredericks Knie und reckte das Näschen vor, um an ihm zu schnuppern.

»Ähm, ja.« Frederick drückte seinen Rücken an den Stamm der Tanne.

»Ich heiße Dickie.«

»Hallo Dickie«, brachte Frederick krächzend hervor.

»Ich habe ein Geschenk für dich.«

»Ein Geschenk? Für mich?« Frederick machte ein verdutztes Gesicht. Ein Eichhörnchen, das sprechen kann, hat ein Geschenk für mich, dachte er. Ich glaube, ich träume. Frederick zwickte sich in die Wange.

»Nein, nein, du träumst nicht«, sagte Dickie prompt.

Frederick fühlte sich ertappt und sah verlegen zu Boden.

»Möchtest du dein Geschenk haben?« Dickie tänzelte aufgeregt von einem Pfötchen auf das andere und wäre beinah von Fredericks Knien gefallen. Schnell griff der Junge nach dem Tierchen und hielt es fest.

»Dank dir«, sagte Dickie, und befreite sich aus Fredericks Hand.

»Willst du nun?« Neugierig reckte das Eichhörnchen seine schwarze Nase vor.

»Ähm, ja«, antwortete Frederick zögernd.

Mit einem Satz sprang Dickie vom Schoß des Jungen und kletterte flink den Baumstamm hinauf. Frederick verdrehte den Kopf, um mit seinem Blick Dickie zu folgen. Noch ehe er ihn in den Zweigen ausmachen konnte, war Dickie schon wieder auf dem Weg nach unten. Er sprang auf Fredericks Brust und hielt ihm einen Tannenzapfen unter die Nase.

»Ein Tannenzapfen, danke, Dickie.« Frederick nahm den Zapfen in die Hand und betrachtete ihn.

»Ein sehr schöner Tannenzapfen. Möchtest du ihn nicht lieber für deinen Wintervorrat behalten?« Frederick wollte den Zapfen zwischen Dickies Pfoten stecken, aber das Eichhörnchen schüttelte energisch den Kopf.

»Das ist kein gewöhnlicher Tannenzapfen«, sagte Dickie mit Stolz in der Stimme.

»Kein gewöhnlicher Zapfen?«

»Das ist ein magischer Tannenzapfen. Ein Weihnachtszapfen.«

»Ein Weihnachtszapfen? Was ist das denn?«

»Wenn du diesen Zapfen mit nach Hause nimmst und ihn einpflanzt, wirst du schon sehen.«

Frederick zog die Augenbrauen hoch und überlegte einen Moment.

»Was passiert dann?«

»Das wirst du schon sehen. Es wird dir gefallen, wichtig ist nur, dass du ihn bei dir zuhause einpflanzt.«

»Ich kann nicht nach Hause«, flüsterte Frederick.

»Ich weiß, ich weiß«, antwortete Dickie. »Wenn du zurück nach Hause gehst, wird alles gut. Glaub mir.«

»Aber ich kann nicht laufen, mein Fuß …«

»Versuch es.«

»Es tut so weh!«

»Wie kannst du das wissen, wenn du es nicht versuchst?« Dickie war von Fredericks Brust gesprungen und machte eine einladende Geste mit seiner Vorderpfote.

Frederick stand auf und stellte überrascht fest, dass er keine Schmerzen mehr hatte.

»Wie, wie …« Frederick sah sich nach Dickie um, aber das Eichhörnchen war verschwunden. »Wie hast du das gemacht?«, rief er in den Wald hinein. Er bekam keine Antwort.

Frederick blieb noch eine Weile verdutzt unter dem Baum stehen. Er betrachtete den Tannenzapfen in seiner Hand, und mit einem Mal hatte er den Eindruck, der Zapfen würde glitzern. Frederick kniff die Augen zusammen. Nein, das ist Einbildung, dachte er. Mit einem Schulterzucken steckte er den Zapfen in die Tasche und machte sich auf den Weg nach Hause.

***

Erstaunt stellte er fest, wie tief er in den Wald hineingelaufen war, ohne es zu bemerken. Als sein Zuhause in Sichtweite kam, brach bereits die Dämmerung herein. Frederick sah hinab auf die erleuchtete Altstadt, auf dem Marktplatz erstrahlte der große Weihnachtsbaum mit seinen zahllosen Lichtern. Die Buden des Weihnachtsmarktes waren von bunten Lichterketten erleuchtet und die Klänge von Weihnachtsliedern drangen zu Frederick herauf. Frederick tastete nach dem Tannenzapfen in seinem Anorak und ging mit großen Schritten auf sein Elternhaus zu. Als er die Tür zum Penthouse aufschloss, klopfte sein Herz heftig. Mama wird böse auf mich sein und Papa auch, dachte er. Bestimmt haben sie Olga die Schuld gegeben.

Aus dem Wohnzimmer erklang die Stimme seines Vaters.

»Wir müssen die Polizei rufen.«

Olga schluchzte laut auf.

»Ist das nicht etwas voreilig?« In der Stimme seiner Mutter war eine ungewohnte Unsicherheit zu hören.

»Hast du all seine Freunde angerufen?«, fragte der Vater.

»Das habe ich schon gemacht«, sagte Olga mit tränenerstickter Stimme. »Die meisten sind im Urlaub, und der Rest hat Frederick weder gesehen noch von ihm gehört.«

Frederick war unbemerkt in die Küche geschlichen und wollte gerade die Tür zur Dachterrasse öffnen, um einen der großen Blumentöpfe zu holen, als er hörte, wie sein Vater sagte: »Ich warte nicht länger, ich rufe jetzt die Polizei an.«

Frederick flitzte zu dem Blumenkübel, steckte den Zapfen in die Erde und rannte ins Wohnzimmer.

»Nicht die Polizei anrufen! Ich bin doch hier.«

Alle Augen waren auf ihn gerichtet. Olga stürzte sich auf ihn und drückte ihn so fest an ihren üppigen Busen, dass er keine Luft mehr bekam. Unaufhörlich flüsterte sie russische Worte in sein Haar. Sein Vater stellte sich hinter ihn und legte seine Hände auf seine Schultern und brachte trotz heftigen Räusperns kein Wort heraus. Seine Mutter stand mit hängenden Schultern neben ihm und wiederholte kopfschüttelnd seinen Namen. Erst als Frederick sich aus Olgas Umarmung befreit hatte, griff sie seine Hände und fragte: »Frederick, wo warst du nur? Wir haben uns solche Sorgen gemacht!«

»Spazieren«, antwortete Frederick, und schaute auf den Boden. Dann hob er den und Kopf strahlte seine Eltern und Olga an. »Ich habe ein Geschenk bekommen.«

»Ein Geschenk? Von wem hast du ein Geschenk bekommen?« Fredericks Mutter sah ihren Sohn mit einem prüfenden Blick an. Frederick antwortete nicht, sondern drehte sich stattdessen zu seinem Vater.

»Papa, kannst du mir helfen, einen Blumenkübel von der Dachterrasse hereinzutragen?«

»Sehr gern, mein Junge«, antwortet der Vater, warf seiner Frau einen fragenden Blick zu, ging aber mit Frederick an der Hand auf die Terrasse.

»Donnerwetter!« Frederick staunte mit aufgerissenen Augen.

»Ich befürchte, da müssen Mama und Olga mit anfassen«, sagte der Vater.

Hand in Hand standen Frederick und sein Vater vor einem Weihnachtsbaum. Kleine Lichter erleuchteten ihn und ließen die goldenen und roten Kugeln erstrahlen. Trommeln, Schaukelpferde,

Schlittschuhe, Nussknacker, Engelchen und Sterne schmückten den Christbaum. Frederick streckte die Hand aus und berührte vorsichtig den Glasschmuck. Er sah seinen Vater an. Die Überraschung stand ihm ins Gesicht geschrieben.

»Wunderschön«, sagte er mit belegter Stimme.

Olga und Daniela standen staunend in der Tür zur Dachterrasse.

»Ein Wunder«, flüsterte Olga und strahlte über das ganze Gesicht.

»Das ist Zauberei.« Daniela schüttelte ungläubig den Kopf.

Mit vereinten Kräften trugen sie den geschmückten Baum in das Wohnzimmer. Daniela nahm die Hand ihres Mannes und umarmte ihren Sohn.

»Ich glaube, ich habe mich geirrt«, sagte Daniela. »Es gibt ihn doch, den Weihnachtsmann.«

In den Zweigen des Baumes raschelte es, und Frederick sah gerade noch im letzten Augenblick einen buschigen rotbraunen Schwanz im Tannengrün verschwinden …

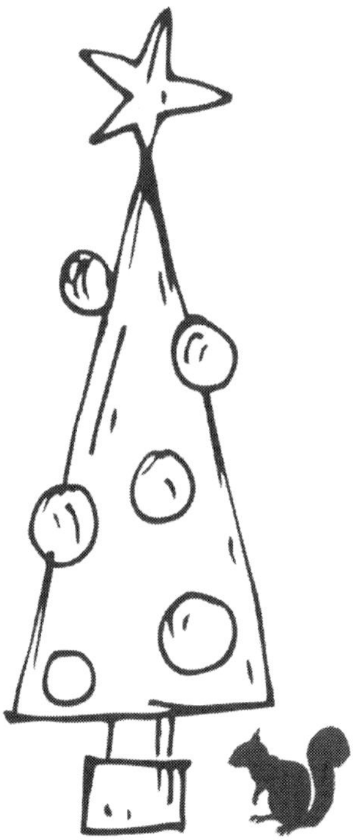

Sallys Tipp: Caros gluten- & milchfreies Buttergebäck

Ob Frederick noch dazu kam, zusammen mit Olga Plätzchen zu backen, wissen wir nicht. Die Lindgren-Familie, der wir gleich begegnen, legt aber viel Wert auf leckere Plätzchen, und vielleicht möchte ja jemand schon beim Lesen der folgenden Geschichten selbst welche futtern? Da macht es auch nichts, falls jemand Gluten oder Milch nicht verträgt, denn Sallys Tochter Caro hat dafür ein passendes Rezept aus ihrem privaten Rezeptschatzkästchen herausgeholt.

***

Grundzutaten:

- ♥ 300 g Schärmehl (Kuchen und Keks)
- ♥ 150 g Zucker
- ♥ 1 Päckchen Vanillezucker
- ♥ 1 Prise Salz
- ♥ Abgeriebene Schale einer halben Bio-Zitrone
- ♥ 1 Ei (Größe M)
- ♥ 200 g kalte vollwertige Margarine

Zubereitung:

Mehl, Zucker, Vanillezucker, Salz und Zitronenschale mit dem Ei in eine Schüssel geben Die Margarine stückchenweise hinzugeben. Mit einem Knethaken die Masse krümelig rühren und anschließend rasch zu einem festen Teig verkneten. Eine Kugel daraus formen, in Folie wickeln und für eine Stunde im Kühlschrank ruhen lassen.

Den Teig auf einer bemehlten Fläche 3 bis 4 cm dick ausrollen. Plätzchen in gewünschter Form ausstechen und auf einem mit Backpapier belegtem Blech bei 180 Grad (Umluft 160 Grad) für 8 bis 10 Minuten backen.

Für Neulinge in der glutenfreien Backkunst: **Achtung!** Die Plätzchen bleiben ziemlich hell. Also nicht länger als angegeben im Ofen lassen, sonst werden sie bröselig und trocken.

Die ausgekühlten Plätzchen können nun mit Zuckerguss oder Schokolade und einer Verzierung nach Wahl versehen werden.

Aus dem Grundteig von »Caros Butterplätzchen« kann man eine Vielzahl von Plätzchen herstellen.

***

Hier nur einige Beispiele:

- ♥ Zwei Plätzchen mit Schokolade zusammensetzen. Milchfreie Schokolade natürlich, und möglichst nur Zartbitter verwenden.
- ♥ Zwei Plätzchen mit Marmelade oder Marzipan füllen.
- ♥ Dem Teig können auch gemahlene Mandeln, Haselnüsse oder Walnüsse zugefügt werden.

Mama hasst Weihnachten

Mama liebt Weihnachten. Und sie hasst es. Das klingt komisch, aber es ist so.

Was ich meine, ist: Mama hasst es, dass sie Weihnachten liebt. Sie sagt, dass es an Weihnachten immer irgendwelche Katastrophen gibt. Damit hat sie irgendwie recht. Mal hatten wir einen großen Sturm mit totalem Stromausfall, mal hatten alle Kinder Windpocken oder Mandelentzündung oder schlimmen Husten oder, oder, oder …

Aber Weihnachten ist in unserer Familie eine große Sache. Unsere Familie, das sind meine zwei großen Brüder Lasse und Bosse, meine kleine Schwester Inga, meine ganz kleine Schwester Britta (aber die zählt noch nicht so richtig, weil sie noch ein Baby ist) und ich, ich heiße Madita, und natürlich Mama und Papa. Manche Freunde von meinen Eltern nennen uns »die Lindgrens«, weil Mama und Papa uns Kindern die Namen aus den Astrid-Lindgren-Geschichten gegeben haben. Das kam so, sagt Mama, weil sie Astrid Lindgren so liebte, als sie selbst noch ein Kind war. Ich glaube aber, sie liebt sie immer noch ganz doll, sonst würde ja meine Babyschwester nicht Britta heiß.

***

Also, Weihnachten ist bei uns ein großes Ding und beginnt mit ebenso großen Kisten. Jedes Jahr werden diese Kisten größer, genauso wie der Stress, den Mama hat. Pünktlich am Samstag vor dem ersten Advent werden diese ausgelagerten Kisten von ihr in unser Haus geschleppt und in den Weg gestellt. Exakt zu diesem Zeitpunkt bekommen Mama und Papa den ersten vorweihnachtlichen Streit. Diesem werden bis zum 24. Dezember noch viele folgen.

In den Kisten verbergen sich Mamas Weihnachtsschätze: Die Weihnachtsdekoration, die in den folgenden vier Wochen nach und nach unser Haus und unseren Garten schmücken wird.

Es beginnt an jedem Samstag vor dem ersten Advent ganz harmlos mit einem Adventkranz auf dem Esstisch und einigen wenigen Dekorationsgegenständen in unserem Ess- und Wohnzimmer, steigert sich dann aber von Woche zu Woche stetig, bis kein freies Plätzchen mehr zu sehen ist. Inga und ich dürfen dabei helfen. Britta kann das ja noch nicht, und Lasse, Bosse und Papa schmücken das Haus von außen mit Tannenzweigen und Lichterketten. Die Tannenzweige holen sie im Wald, die Lichterketten im Baumarkt, weil die, die aus den Kisten kommen, jedes Jahr kaputt sind. Papa schimpft dann immer ganz furchtbar und verkündet »nächstes Jahr gibt es keine Lichterketten am Haus«. Das sagt er aber jedes Jahr.

Inga und ich helfen Mama auch beim Plätzchen backen. Das ist immer ein ganz besonderer Spaß. Jedes Jahr, kurz nach den Sommerferien, erklärt Mama, dass wir in diesem Jahr rechtzeitig vor dem ersten Advent anfangen, zu backen. Keiner von uns kann sich erklären, warum wir immer, wirklich immer am Samstag vor dem ersten Advent in der Küche stehen und zwischen den halb ausgepackten Kisten Plätzchen backen. Dabei schauen wir schon im Oktober und November die Backbücher an, Mama bringt neue Hefte mit Rezepten vom Einkaufen im Supermarkt mit und wir beschließen gemeinsam, was dieses Jahr gebacken wird. Jeder in der Familie darf sich eine Sorte aussuchen, auch Papa, obwohl der immer sagt, dass er eigentlich gar keine Weihnachtsplätzchen mag, außer Spekulatius in der roten Tüte vom Aldi. Die kauft ihm Mama dann auch immer. Die meisten davon essen dann aber doch wir Kinder. Ich glaube, dass irgendwo in unserem Haus ein kleiner Kobold wohnt, der immer rechtzeitig vor der Adventszeit dafür sorgt, dass Mama genau dann, wenn sie eigentlich mit uns backen will, tausend andere Termine hat. Ich habe diesen Kobold »Nixplätzchenback« getauft, gesehen habe ich ihn noch nie, daher denke ich, dass »Nixplätzchenback« unsichtbar ist.

Dieses Jahr haben Inga und ich uns mal auf die Lauer gelegt, vielleicht erwischen wir ihn ja doch, und dann werden wir Lasse und Bosse rufen, die werden ihn schon aus unserem Haus vertreiben. Bisher haben wir ihn aber noch nicht gesehen und es ist schon der zweite Advent.

Wir haben drei Sorten Plätzchen gebacken, von jeder Sorte haben wir welche in unsere Lieblingsblechkiste mit der Weihnachts-Mickey-Mouse getan, den Rest haben wir versteckt, damit Lasse und Bosse sie nicht finden können. Jetzt ist es nicht mehr lange bis Weihnachten, und wir haben alle mächtig viel zu tun.

Mama schmückt und bastelt und kauft ein, Papa denkt darüber nach, was er Oma schenken soll, und wir Kinder üben in der Kirche für das Krippenspiel. Nur Lasse nicht, der ist schon zu groß, und Britta auch nicht, die ist noch zu klein. Inga spielt einen stummen Engel, sie kann ja noch nicht lesen und keinen Text lernen. Bosse ist der Josef und ich bin die Maria. Eigentlich wäre ich auch lieber ein Engel, ich kann zwar lesen und den Text lernen, den Maria sagen muss, aber da gibt es so eine Sache, die finde ich nicht so gut. Das Mädchen, das die Maria spielt, muss nämlich immer eine Babypuppe mitbringen, die dann als Jesuskind in die Krippe gelegt wird. Ich habe gerade zum Geburtstag von Omi und Opa eine neue, wunderschöne Babypuppe bekommen, die ganz echt aussieht. Omi sagt, sie ist sehr wertvoll und eigentlich nicht zum Spielen gedacht, nur zum Anschauen. Mama sagt, die soll ich mitnehmen, und das will ich nicht. Der große Engel will ich aber auch nicht sein, denn dann müsste ich auf der Blockflöte spielen und das kann ich nicht so gut – weil ich nie übe, sagt Mama.

Ich weiß nicht, was ich tun soll. Ich habe schon Lasse gefragt, aber der sagt, das wäre Kinderkram und da hat er keine Zeit für. Alle haben keine Zeit, auch Mama, Papa und Oma nicht. Wenn mir nicht bald etwas einfällt, wird Weihnachten dieses Jahr ein ganz großer Reinfall, weil ich dann einfach nicht zum Krippenspiel gehen werde, und Mama und Papa und alle Großeltern werden sehr böse auf mich sein und bestimmt dem Christkind sagen, dass ich keine Weihnachtsgeschenke bekommen soll.

Die Tage bis Weihnachten vergehen jetzt ganz schnell, überall sind Weihnachtsfeiern, in der Schule, im Turnverein, bei Inga im Kindergarten, und wir gehen mit der ganzen Familie auf den Weihnachtsmarkt, Zuckerwatte und gebrannte Mandeln essen, dann laufen wir Schlittschuh und zum Schluss gehen wir ins Kino in einen Weihnachtsfilm.

Mama sagte, sie müsste auch noch ein paar Kleinigkeiten erledigen, auf dem Küchentisch habe ich die Einkaufsliste liegen sehen, sie war so lang wie Bosses und Lasses Wunschzettel zusammen, und die sind sehr, sehr lang. Mama würde also wohl nicht bei uns sein, sie würde erst zum Kino dazukommen, und das sicher auch erst nach der Werbung, und Papa würde wieder sehr ärgerlich sein. Und genauso kam es auch. Aber es war trotzdem schön.

Nun liege ich in meinem Bett. Morgen ist Heiligabend und das Krippenspiel, und ich weiß einfach nicht, was ich tun soll wegen des Jesuskinds. Ich kann gar nicht einschlafen, obwohl ich schon einen großen Becher warme Milch getrunken habe und meine Füße schon so lange unter der Bettdecke hervorstrecke, dass sie eiskalt sind und bestimmt bald abgefroren sein werden. Gerade habe ich zum dritten Mal Schäfchen gezählt, drei Mal bis Hundert, weiter kann ich noch nicht, als ich endlich einschlafe und einen fürchterlichen Traum habe. Die Kirche ist gestopft voll, Bosse-Josef steht allein vorne in der Kirche vor einer leeren Krippe und ohne Maria, also ohne mich. Alle Leute in der Kirche tuscheln und flüstern, mein Papa schaut grimmig und Mama weint in ihr Taschentuch. Unsere Frau Pfarrer schüttelt ärgerlich den Kopf und sieht Bosse-Josef fragend an. Der zuckt nur mit den Schultern und sieht auf seine Schuhspitzen, weil er sich so sehr schämt. Dann sieht unsere Frau Pfarrer zu Inga herüber. Inga pustet die Kerze aus, die sie in den Händen hält, und zieht ihre Flügel aus, sie geht zur leeren Krippe und versucht, hineinzusteigen. Genau in diesem Moment brüllt mein Bruder Lasse: »… und wenn die fünfte Kerze brennt, dann hast du Weihnachten verpennt. Du Pennsack, Schlafmütze, es ist Weihnachten, Madita, steh auf.«

Ich bin sofort glockenhell wach und habe eine Idee. »Das ist die Lösung!«, rufe ich Bosse zu, und springe aus dem Bett. Die Vorbereitungen für Heiligabend sind schon in vollem Gange. Papa und meine Brüder streiten darüber, wer wieder einmal vergessen hat, den Christbaumständer zu kontrollieren, der wieder einmal nicht zu dem Stamm der Tanne passen will, die Papa, Bosse und Lasse aus dem Wald geholt haben. Mama steht mit hochrotem Kopf in der Küche und stellt fest, dass sie im Supermarkt wieder einige Dinge vergessen hat und noch mal losmuss. Inga quengelt, wann jetzt endlich Nachmittag ist. So vergehen Vormittag und Mittag wie im Flug.

***

Als Mama vom Einkauf zurück ist, helfen Inga und ich, die Kartoffeln für den Kartoffelsalat zu schälen. Papa, Bosse und Lasse haben den Baum irgendwie in dem Ständer befestigt und geschmückt und sind sehr stolz auf ihr Werk, das wir Frauen erst nach der Kirche zur Bescherung sehen dürfen.

Nun ist es endlich Zeit, sich umziehen für den Kirchgang. Wir Kinder sollen schon etwas früher gehen wegen des Krippenspiels, dann kann Mama sich in Ruhe umziehen und mit Papa, Britta-Baby und Lasse nachkommen. Inga weint, weil auf ihrem weißen Engelsgewand mit den goldenen Sternchen, das Mama aus einem Bettlaken genäht hat, ein Nutellafleck ist, direkt hinten auf ihrem Popo. Lasse lacht sie aus, er findet, es sieht aus, als ob sie sich in die Hose gemacht hätte. Papa schimpft mit ihm und Mama rubbelt mit dem Spüllappen am Fleck herum.

Endlich sind Lasse, Inga und ich fertig und gehen aus dem Haus. Als wir schon ein paar Meter von unserem Haus weg sind, sage ich, dass ich mein Textblatt vergessen habe und noch einmal zurück muss. Lasse und Inga schicke ich schon mal vor zur Kirche.

Schnell lauf ich zurück, schleiche mich durch die Kellertür ins Haus und in das Zimmer von Britta-Baby. Sie schläft friedlich in ihrer Wiege. Vorsichtig nehme ich sie mit ihrer Decke heraus und gehe wieder aus dem Haus. Britta wacht nicht auf. Ich renne zur Kirche. Alle Kinder sind schon vorne am Altar versammelt. Ich habe einen Zipfel der Decke ein bisschen über Britta-Babys Gesicht gezogen, marschiere direkt zur Krippe und lege sie vorsichtig mit angehaltenem Atem hinein. Britta-Baby schläft. Jetzt läuten die Glocken, die Kirche ist voll, nur meine Mama, mein Papa, Bosse und die Großeltern sehe ich nicht. Na ja, denke ich, bestimmt sind sie wieder zu spät. Jetzt hat die Orgel zu spielen begonnen und ich schau ängstlich auf Britta-Baby. Sie schläft. Als die Orgel verstummt, steht unsere Frau Pfarrer auf, um zum Altar zu gehen. Meine Familie sehe ich immer noch nicht. Merkwürdig, denke ich. Unsere Frau Pfarrer nickt den Krippenspielkindern zu und lächelt, dabei bleibt sie mit der Fußspitze an der Krippe hängen. Britta-Baby wacht auf und schreit. Sie schreit so laut, dass alle Köpfe sich Richtung Bosse-Josef, Krippe und mir recken. Da ruft der kleine Tim, ein Kindergartenfreund von Inga, der einen Hirten spielt: »Frau Pfarrer, ich glaube, das Jesuskind schreit.«

Unsere Frau Pfarrer schaut verwundert in die Krippe, zieht die Decke ein wenig zur Seite und lacht über das ganze Gesicht.

»Dann werden wir uns wohl mal um das Jesuskind kümmern müssen.« Sie nimmt Britta-Baby auf den Arm, mich an die Hand und geht den Gang zur Kirchentür hinunter. Als sie die Tür hinter uns geschlossen hat, sieht sie mich fragend an.

»Ich glaube, ich weiß jetzt, warum deine ganze Familie nicht in der Kirche ist. Ich werde deine Mama mal gleich anrufen.«

Frau Pfarrer zieht ein Handy aus ihrem Talar hervor und telefoniert kurz.

Wenige Minuten später stürzen meine Mama, mein Papa und Bosse herein. Mama sieht mich zornig an, ihre Augen sind ganz verweint und ihre Nase rot, aber dann muss auch sie lächeln. Sie wischt die letzten Tränen ab und sagt ganz leise: »Ich hasse Weihnachten. Immer eine andere Katastrophe.«

Mama flieht vor dem Weihnachtsfest

Dass Mama Weihnachten hasst, weil zu Weihnachten bei uns immer irgendwelche Katastrophen passieren, habe ich ja schon in der letzten Geschichte erzählt.

In diesem Jahr verkündeten Mama und Papa meinen Geschwistern Lasse, Bosse, Inga, Britta und mir, Madita, dass die ganze Familie, um jede mögliche Katastrophe zu vermeiden, über Weihnachten verreisen würde. Sie eröffneten uns diese Entscheidung am Morgen des Samstags vor dem ersten Advent.

Lasse war sofort begeistert. »Coooool«, rief er, und sprang vom Stuhl auf. Bosse war in sein Spiel auf dem Handy vertieft und bekam nichts mit, Inga sah meine Eltern ungläubig an, Britta patschte mit ihrem Plastiklöffelchen in ihrem Obstbrei herum, dass die Bananen-Apfel-Mischung in alle Richtungen spritzte, und krähte vor Vergnügen. Ich war damit beschäftigt, den Mund wieder zuzubekommen und brachte schließlich ein undeutliches »ÄH …« heraus. Die Blicke von Mama und Papa wanderten erwartungsvoll von einem Kind zum anderen. Lasses Begeisterung hatte sich mit dem »cooool« erschöpft, Bosse verharrte unverändert, den Blick starr auf das Handy gerichtet, in seiner vornübergebeugten Haltung, Inga sah nun mich fragend an und ich zuckte mit Schultern. Brittas letzter Vorrat an Bananen-Apfel-Brei landete im hohen Bogen auf Bosses Handydisplay, und prompt war seine ungeteilte Aufmerksamkeit bei seiner Familie. »Nervzwerg«, fuhr er Britta-Baby an, und entriss ihr das Plastiklöffelchen. Britta schrie herzzerreißend, Mama angelte sie aus ihrem Kinderstuhl und versuchte, sie zu trösten, Bosse warf sie dabei einen bösen Blick zu. »Hast du überhaupt mitbekommen, was Papa und ich gesagt haben?«, fragte sie meinen Bruder mit vorwurfsvollem Blick.

»Bei dem Geschrei versteht ja kein Mensch was«, antwortete Bosse, und rieb mit dem Tischdeckenzipfel an seinem Handy herum.

»Also dann noch mal exklusiv für den Herrn Sohn: Mama und ich haben euch mitgeteilt, dass wir dieses Jahr zu Weihnachten verreisen werden«, schaltete sich Papa ein. Bosse ließ das Handy sinken und starrte Papa an.

»Wohin?«, fragte er dann.

»Ja, genau, wohin eigentlich?«, fragten Lasse und ich beinahe gleichzeitig.

»Wir fliegen nach …«, begann meine Mutter, als Inga aufsprang und ihren Stuhl dabei umstieß. Ihre vorgeschobene Unterlippe zitterte verdächtig. Mutter redete nicht weiter, sie sah mich mit hochgezogenen Augenbrauen an, und wir folgten beide Inga in die Küche. Meine Schwester betrachtete das Regal mit den Vorräten an Zucker, Mehl, Nüssen und Gewürzen. Dicke Tränen kullerten über ihr Gesicht, sie schluchzte leise.

»Inga, meine Süße, was ist denn nur?«, fragte Mama, und nahm Inga in den Arm.

»Heute wollten Madita und ich backen«, brachte meine Schwester schließlich hervor. Mama sah mich an, sie wartete auf eine Erklärung.

»Ja, heute wollten Inga und ich endlich Weihnachtsplätzchen backen, morgen ist doch schon der erste Advent, und wir haben wieder mal kein einziges Plätzchen fertig«, erklärte ich Mama.

»Und warum weint Inga dann?«, wollte Mama wissen.

Ich sah Inga an, denn ich verstand eigentlich auch nicht so ganz, warum sie nun plötzlich weinte. Inga wischte sich ihre Augen am Schlafanzugärmel ab, zog geräuschvoll die Nase hoch und holte tief Luft. »Du hast versprochen, dass Madita und ich dieses Jahr ganz alleine die Weihnachtsplätzchen backen dürfen, und jetzt …«, begann meine Schwester. Wieder fing sie an zu schluchzen, die Tränen tropften von ihrem Kinn auf die schwarzweißen Küchenfliesen.

»Und jetzt?«, half ihr Mama.

»Wenn wir jetzt zu Weihnachten verreisen, brauchen wir doch gar keine Weihnachtsplätzchen!«, antwortete Inga, und sah ganz verzweifelt aus.

»Aber natürlich, meine Kleine, Weihnachtsplätzchen brauchen wir auf jeden Fall. Wir fahren ja erst am 23. Und bis dahin wollen wir doch Plätzchen essen«, sagte Mama, und wischte Inga mit einem Zipfel des Küchenhandtuchs mit den roten Elchen drauf das Gesicht ab.

»Wirklich, Mama?«, fragte meine Schwester.

»Aber unbedingt«, antwortete Mama, und lachte.

»Dann fangen wir gleich an«, sagte meine Schwester, und stellte sich auf die Zehenspitzen, um das Mehl vom Regal zu angeln.

»Halt, halt, nicht so schnell, Inga. Erst setzen wir uns wieder zu den anderen. Dann erzählen Papa und ich euch, wie wir alles geplant haben. Ihr wisst ja noch nicht mal, wo es hingeht«, bremste Mama Inga.

Am Tisch telefonierte Bosse lautstark mit seinem Freund Onur, Papa schaute mit Lasse in den Schulatlas und erzählte ihm etwas über die Temperatur irgendeines Meeres, während Britta-Baby auf allen Vieren unter dem Tisch herumkrabbelte.

Mama schaute in die Runde und räusperte sich. »Also …«, fing Mama an, Inga und ich sahen sie gespannt an. »… wir fliegen in die Türkei«, sagte sie so laut, dass Lasse und Papa auch aufschauten, nur Bosse sprach weiter in sein Handy.

»In die Türkei«, rief Inga aufgeregt. »Ist da Meer?«, fragte sie, ohne eine Antwort von Mama abzuwarten. »Ist es da warm? Kann man da baden?«, löcherte Inga Mama, und zappelte aufgeregt von einem Fuß auf den anderen.

»Ja, in der Türkei gibt es auch ein Meer, und ja, es ist wärmer als bei uns im Dezember, nein, man kann auch dort zu Weihnachten nicht mehr baden«, antwortete Mama schnell, um nicht wieder unterbrochen zu werden. »Ich habe neulich beim Einkaufen Onurs Mutter getroffen und wir sind ins Gespräch gekommen über den ewigen Weihnachtsstress, und Onurs Mutter hat mir erzählt, dass es das in ihrer Familie ja nicht gibt, weil sie ja Muslime sind. Sie fahren jedes Jahr in den Weihnachtsferien in die Türkei in ihr Ferienhaus, und als ich ihr sagte, dass sie zu beneiden wären, hat sie mir erzählt, dass der Bruder ihres Mannes direkt neben ihnen ein Haus hat, und dass das in diesen Weihnachtsferien leer steht, weil der Bruder keinen Urlaub bekommen hat. Am nächsten Tag hat sie mich angerufen und mir gesagt, dass wir das Haus mieten könnten. Papa und ich finden diese Idee sehr gut, wir könnten uns endlich mal erholen, haben keinen Stress mit Oma und Opa und Kirche und Weihnachtsbaum und, und, und …«, erklärte Mama, und Papa nickte dazu. Einige Sekunden waren wir alle ganz still, aber dann ging es los.

»Und unsere Geschenke?«, platzte ich hervor.

»Und das Krippenspiel? Wir haben doch schon geübt«, jammerte Inga.

»Cool, das wird absolut cool«, sagte Bosse, der sein Telefonat mit Onur beendet hatte.

»Ich werde das Weihnachtsbaumfällen mit dir vermissen«, sagte Lasse, und grinste schief, als er Papa auf die Schulter klopfte.

»Wirklich?«, fragte Inga erstaunt. »Ihr habt euch doch immer nur gestritten«, fügte sie hinzu.

»Inga, du Dummchen«, sagte ich zu meiner Schwester, »das hat unser Bruder doch auch nicht so gemeint.«

»Ach so«, sagte Inga, und zuckte mit den Schultern. »Aber Mama, was ist denn nun mit dem Krippenspiel? Sollen wir da einfach nicht mehr hingehen? Das gibt Ärger mit Frau Pfarrer, ganz sicher«, murrte sie.

»Da braucht ihr euch keine Sorgen machen. Ihr wolltet ja sowieso wieder keine Sprechrollen haben. Ich habe schon mit Frau Pfarrer gesprochen, und sie hat Ersatz für euch, also kein Problem«, erklärte Mama uns.

»Und unsere Geschenke? Nehmen wir die alle mit oder werden wir jetzt auch Muslime?«, fragte ich Papa.

»Ja klar, vergesst nicht, eure Kopftücher einzupacken«, prustete Bosse los. Inga sah ihn fragend an und Mama warf ihm einen bösen Blick zu.

»Die Geschenke gibt es vorher. Im Flugzeug können wir nicht so viel mitnehmen. In der Türkei gibt es dann für jeden noch eine

Kleinigkeit«, sagte Mama. »So, und nun könnt ihr zwei Mädchen mit dem Backen beginnen, Papa und ich machen eine Liste, was wir alles noch erledigen müssen und was wir mitnehmen«, sagte Mama, und schob mich und meine Schwester in Richtung Küche.

»Und was machen Oma und Opa, wenn wir in der Türkei sind?«, fragte Inga, die sich auf halbem Weg in die Küche noch mal umgedreht hatte. Mama und Papa warfen sich Blicke zu.

»Wir werden noch mit ihnen reden«, sagte Papa schließlich, Mama schaute auf ihre Schuhspitzen und schwieg.

»Vielleicht wollen sie ja mitkommen«, fiel mir plötzlich ein.

»Das kann ich mir kaum denken«, murmelte Mama. »Fangt jetzt endlich an, sonst werdet ihr zwei heute nicht mehr fertig mit dem Backen«, sagte sie dann.

Inga und ich backten an diesem Samstag nur eine Sorte Plätzchen, dann kam Ingas Freundin vorbei und Inga hatte keine Lust mehr. Dummerweise rief, als die letzten beiden Bleche im Ofen waren, meine beste Freundin an, und die Plätzchen sahen dann aus wie Schokokekse, als ich sie endlich rausholte. Geschmeckt haben sie allerdings wie Grillkohle, sagte Lasse am ersten Adventsonntag. Als Inga und ich sie in die Mülltonne schütteten, hatten wir den starken Verdacht, dass Nixplätzchenback wieder bei uns eingezogen war, und wir beschlossen, ihn dieses Jahr ganz bestimmt zu sehen. Die nächsten drei Wochen waren fast wie jedes Jahr vor Weihnachten. Mama zerbrach sich den Kopf über Weihnachtsgeschenke und schleppte Kiste um Kiste Weihnachtsdekoration ins Haus. Sie bat Lasse, Bosse und Papa, Tannenzweige aus dem Wald zu holen, um das Haus zu schmücken. Sie schimpfte ganz fürchterlich mit Lasse, als der meinte, man bräuchte das nicht, weil wir ja an Weihnachten nicht da sein würden. Inga und ich gingen auch zu den Proben für das Krippenspiel, weil es dort immer sehr lustig zugeht.

Es war also eigentlich alles wie immer, nur dass Mama dieses Jahr überhaupt gar keine Zeit hatte, weil sie ja alles waschen und bügeln und schließlich packen musste für uns alle. Am vierten Advent ging es Mama dann auch ziemlich schlecht. Sie hatte ganz arg Kopfweh und es war ihr so schwindlig, dass sie sich mittags ins Bett legen musste, obwohl Oma und Opa abends zum Essen kommen wollten. Mama und Papa hatten sie eingeladen, um ihnen ihre Geschenke zu geben, und auch wir sollten unsere Geschenke bekommen. Wir wollten Weihnachten vorfeiern.

Ich finde ja, man kann Weihnachten nicht an jedem x-beliebigen Tag feiern, und Oma und Opa fanden das, glaube ich, auch. Sie schauten nämlich nicht sehr fröhlich bei diesem Abendessen und haben auch nicht viel geredet, zumindest mit Mama und Papa nicht.

***

Zwei Tage später mussten wir Kinder sehr früh ins Bett, weil wir am nächsten Morgen ganz ganz früh zum Flughafen fahren mussten. Ich war so aufgeregt, dass ich erst einschlief, als ich Mama schon in der Küche Frühstück machen hörte, und war deshalb ziemlich müde, als ich am Flughafen auf Britta-Baby im Buggy aufpassen sollte.

Jeder von uns Kindern hatte nämlich eine Aufgabe. Lasse und Bosse sollten Papa beim Gepäck helfen, Inga sollte auf unsere Taschen aufpassen, die wir mit ins Flugzeug nehmen wollten, und ich musste mich um Britta-Baby kümmern. Das habe ich auch gemacht, und Britta hat nicht ein einziges Mal geweint, die ganze Zeit nicht, als wir gewartet haben, bis wir in den Raum gehen konnten, in dem man auf das Flugzeug wartet. Auf dem Weg zu diesem Warteraum gab es ganz viele Geschäfte, Papa hat erklärt, dass es da zollfreie Ware zu kaufen gibt. Ich weiß nicht, was das ist, für mich sah es aus wie ganz normales Parfüm oder Wein oder Schnapsflaschen, aber Lasse war ganz verrückt darauf, in so einen Laden zu gehen. Als Mama gefragt hat, was er dort will, ist er ganz rot geworden und hat gesagt, er muss für einen Freund, der eine Freundin hat, Parfüm mitbringen. Mama hat komisch gelacht und Papa angegrinst, und Lasse ist davongelaufen. Als wir bei dem Warteraum ankamen, hat Papa Inga und mir die Eintrittskarten für das Flugzeug gegeben, man nennt das Boardkarten, sagt Mama. Lasse und Bosse hatten ihre schon im Auto bekommen und sollten sie Papa jetzt nochmal zeigen. Bosse kramte sie aus seiner riesigen Jeans hervor, die ihm immer so weit herunterhängt, dass Mama immer daran herumzieht, weil seine Unterhose rausguckt. Lasse wühlte und wühlte in allen Hosentaschen und seiner Sporttasche, und murmelte dann: »Meine ist weg.«

Mama wurde ganz blass und sah Papa an.

»Wie, weg? Hast du sie etwa verloren?«, fragte Papa so laut, dass sich die anderen Leute umdrehten.

»Jetzt mal ganz ruhig«, sagte Mama. »Wir schauen alles nochmal durch.« Jeder suchte in allen Taschen, aber keiner fand etwas. Schließlich ging Papa an einen Schalter, um zu fragen, was wir tun sollten. Die nette Dame dort nickte zuerst freundlich, machte dann aber ein ärgerliches Gesicht. Vater redete auf sie ein und sie schüttelte so heftig den Kopf, dass das komische Hütchen auf ihrem Kopf ins Rutschen kam. Papa haute gerade mit der flachen Hand auf den Tisch vor der Dame, als Lasse plötzlich losrannte und rief, er wüsste, wo seine Karte wäre. Bosse erklärte, seinem Bruder wäre eingefallen, dass er die Karte beim Bezahlen in dem Parfümladen liegengelassen habe, und folgte Lasse. In dem Moment kam eine Stimme durch den Lautsprecher, die eine Flugnummer aufrief. Mama rief aufgeregt: »Das ist unser Flug, das ist unserer, wir müssen los!«

Inga raffte die Taschen zusammen, Bosse und Lasse kamen vom Parfümladen angerannt und schnappten meine Hand und zogen mich im Laufschritt hinter Mama her. Papa ließ die freundliche Dame einfach stehen und lief auch mit. Außer Atem kamen wir in dem Warteraum an. Dort liefen die Leute schon durch eine Glastür in einen dunklen Tunnel. Wir reihten uns in die Schlange ein, die Eintrittskarten wurden uns abgenommen und wir gingen hinter Mama her in den Bauch des Flugzeugs. Mama suchte unsere Platznummern und drückte uns auf die Sitze. Als sie mich in die Sitzreihe schob und sich neben mich setzte, schaute sie sich fragend um. Mama war ganz bleich. »Madita, wo ist Britta?«, fragte sie mich.

Erschrocken starrte ich meine Mutter an.

»Britta ist, Britta ist, sie ist …«, ich konnte nicht weiterreden, ein Kloß, doppelt so dick wie die, die Oma sonst zur Weihnachtsgans mitbrachte, steckte in meinem Hals. Ich hatte meine kleine Schwester in ihrem Buggy vergessen. Mama war aufgesprungen und redete auf Papa ein. Der guckte erst verwirrt, dann stürzte er zu einer Frau in Uniform, die an der Tür zum dunklen Tunnel stand, und fuchtelte mit den Händen herum und redete auf sie ein. Mama stand im Gang und weinte. Ich weinte auch, und Inga auf dem Sitz vor mir jammerte.

»Ich will nicht in die blöde Türkei ohne Britta-Baby«, schluchzte sie.

Lasse und Bosse kamen zu uns Mädchen und sagten, wir sollen sitzen bleiben und aufhören, rumzupienzen. Ich konnte aber nicht aufhören zu weinen. Ich stellte mir Britta-Baby vor, die durch meine Schuld nun irgendwo auf dem Flughafen allein in ihrem Buggy saß und sicher furchtbare Angst hatte. Vielleicht hatte sie ja auch schon irgendeiner mitgenommen. Jemand, der gern ein blondes Baby hätte, oder vielleicht ein böser Mensch, der Babys verkauft. Mir wurde immer elender bei diesen Gedanken.

Durch einen Lautsprecher sagte ein Mann, dass sich der Start verzögern würde, und dass ihm das sehr leidtäte. Mir tat das nicht leid. Ich wollte meine Schwester wiederhaben. Ich wollte gar nicht mehr in die Türkei zu den Muslimen, die kein Weihnachten feiern.

Es dauerte eine ganze Weile, und einige Leute im Flugzeug murrten schon, aber dann kam Papa, und er hielt die schreiende Britta im Arm. Sie sah ganz in Ordnung aus, nur gestunken hat sie etwas, aber ich glaube, wenn ich ganz allein auf dem Flughafen gestanden hätte, weil alle mich vergessen haben, hätte ich mir auch in die Hose gemacht. Bis in die Türkei waren wir alle sehr still.

Dort holte uns Onurs Papa am Flughafen ab und fuhr uns zu unserem Haus. Es lag direkt am Meer, und obwohl es regnete und auch nicht sehr warm war, rannten Inga, Lasse und ich gleich an den Strand. Bosse zog mit Onur los. Nur Mama und Papa gingen mit Britta ins Haus. Mama sah richtig krank aus und ging gleich ins Bett.

Am Morgen des nächsten Tages, also am 24. Dezember, klopfte es sehr früh an unserer Tür. Papa öffnete im Schlafanzug. Draußen stand strahlend Onurs Papa, er hatte eine rote Nikolausmütze mit blinkenden Sternchen auf dem Kopf und eine große Axt in der Hand. Papa schaute ihn verblüfft mit offenem Mund an.

»Ähm, Morgen«, grummelte er.

»Guten Morgen und frohe Weihnachten!«, sagte Onurs Vater, und klopfte Papa auf die Schulter. »Kommen Sie, wir wollen einen Weihnachtsbaum schlagen. Hier ganz in der Nähe ist ein Wäldchen. Meine Frau Emine macht schon den Weihnachtsbraten, Ihre Frau kann gleich rüberkommen und ihr helfen. Und am Nachmittag fahren wir dann in die Stadt, dort wartet eine große Überraschung«, sprudelte Onurs Papa wie eine Limonadenflasche, die man vor dem Öffnen zu sehr geschüttelt hat. Papa nickte. Hinter ihm war Mama aufgetaucht und starrte den türkischen Weihnachtsmann mit Axt an.

»Eine Überraschung?«, brachte sie schließlich hervor. »Was denn?«

»Emine meint, also Emine ist meine Frau, sie sagt, wir sollen es Ihnen lieber sagen. Ich weiß ja nicht so recht«, sagte Onurs Papa.

»Ja, bitte, sagen Sie es uns. Ich mag Überraschungen nicht sehr, vor allem nicht zu Weihnachten«, bat Mama.

»Ja, vielleicht ist es doch besser«, antwortete Onurs Papa.

»Ganz sicher«, sagte Mama.

»Also, Sie werden sich sehr freuen …«, Onurs Papa machte eine Pause, holte tief Luft und strahlte wie Bosse, wenn er gegen Lasse wieder mal eine Wette gewonnen hatte. »… heute Nachmittag, genau um drei Uhr, holen wir Ihre Eltern vom Flughafen ab. Und dann feiern wir alle zusammen Weihnachten, so mit Baum und großem Essen und Geschenken und allem, wie in Deutschland. Für meine Familie ist es das erste Mal, und wir freuen uns alle sehr darauf.«

Die Weihnachtsgans

Einer der wichtigsten Bestandteile eines gelungenen Familienweihnachtsfestes ist das Festmahl. Das gibt es bei uns traditionell am ersten Feiertag.

Heiligabend geht es bescheiden zu, einer Geburt im Stall angemessen. Am 25. kommt eine prachtvolle Gans mit allem Drum und Dran auf den Tisch. Zumindest war es so geplant. Mit einer Tochter, die überzeugte Tierschützerin und radikale Veganerin ist, eine heikle Angelegenheit.

Nach langer, hitziger Diskussion über Traditionen und Toleranz, erklärt sich das Töchterchen bereit, mit am Tisch zu sitzen, auch wenn ein »ermordetes« Tier darauf steht. Selbstverständlich muss es eine Bio-Gans sein, glücklich, freilaufend, unter Artgenossen aufgewachsen, kurz: artgerecht gehalten.

Das leuchtet uns natürlich allen ein, und ich mache mich auf die Suche nach solch einem Gänseparadies. Nach längerer Suche werde ich fündig und kann meiner Familie stolz eine Telefonnummer und Adresse präsentieren. Wir beschließen, am nächsten Wochenende den Gänse-Hof zu besichtigen.

***

Nach einstündiger Fahrt bei dichtem Schneefall auf schlecht geräumten Straßen, kommen wir auf einem weitläufigen Gelände an, auf dem eine riesige Herde Gänse schnattert. Niemals habe ich eine so große Menge dieser weißen Vögel auf einem Haufen gesehen. Gänse, soweit das Auge reichte.

Wir parken das Auto und machen uns auf den Weg zu dem Haus, das wir in einiger Entfernung inmitten der Gänseweiden ausmachen. Auf halbem Weg kommt uns ein junger Mann in Daunenjacke und Winterstiefeln entgegen.

»Wir kommen wegen einer Gans«, sage ich und strecke ihm meine Hand entgegen.

»Ach, wirklich?«, antwortet der junge Mann grinsend.

»Wir hatten telefoniert«, erkläre ich.

»Ach ja, ich erinnere mich. Ja, dann suchen Sie sich eine aus«, sagt er. Dabei deutet er mit ausgestrecktem Arm auf die Gänseschar.

»Die werden alle getötet?«, fragt meine Tochter mit schreckgeweiteten Augen.

»Weiß ich nicht. Ich verkaufe sie nur«, erwidert der junge Mann.

Ich sehe meinen Mann fragend an. Er zuckt mit den Schultern. Unsere Tochter ergreift die Initiative.

»Sie müssen doch wissen, was mit Ihren Tieren geschieht, wenn Sie sie verkaufen.«

»Nee, weiß ich nicht, will ich auch nicht wissen.«

Langsam wird mir klar, was die Auskunft des Mannes bedeutet. Sicherheitshalber frage ich nach: »Wollen sie damit sagen, wir kaufen eine lebende Gans?«

»Bei mir gibt es nur lebendige Gänse«, antwortet er. »Welche wollen Sie nun?«

»Äh, wir dachten eigentlich …«, setze ich an.

»Wir nehmen die hier. Die hat so schöne Augen«, fällt unsere Tochter mir ins Wort.

»Aber …«, will mein Mann sich einschalten. Der Gänsezüchter ist schon über den weißen Elektrozaun gestiegen und greift sich das gewählte Tier. Ehe wir etwas einwenden können, hat er den erstaunlich zahmen Vogel an meine Tochter übergeben.

»Macht 120 Euro«, sagt der junge Mann, und streckt uns die Hand hin. Mein Mann ist völlig verdattert und zahlt die gewünschte Summe. Unsere Tochter strahlt.

»Wollt ihr sie auch mal streicheln?«, fragt sie auf dem Rückweg zum Auto.

»Was, zum Teufel, sollen wir mit einer lebendigen Gans?«, überlege ich.

»Und wie sollen wir das Tier transportieren?«; fragt meine pragmatische bessere Hälfte.

»Ich nehme sie natürlich auf den Schoß. Oder wollt ihr sie etwa in den Kofferraum sperren?«, entrüstet sich unsere Tochter.

»Meinst du, sie ist stubenrein?«, gebe ich zu bedenken.

»Das werden wir sicher bald erfahren«, verkündet mein Mann lachend.

»Ob du das auch noch so lustig findest, wenn sie in unserem Wohnzimmer herumspaziert?«, wende ich ein.

»Ein geheiztes Wohnzimmer ist nicht der richtige Lebensraum für eine Gans«, protestiert das Fräulein Tochter sofort.

»Was du nicht sagst«, gebe ich schärfer zurück als gewollt.

***

Den Rest des Weges fahren wir schweigend. Ich grüble darüber nach, was wir mit einer lebenden Gans anfangen sollen. Meine Tochter ist glücklich mit dem Familienzuwachs, der sich als angenehmer Fahrgast erweist. Zuhause macht sie sich sofort daran, einen Stall zu planen, den sie im Garten aufstellen will. Sie überredet ihren Vater, mit ihr in den nächsten Baumarkt zu fahren, um das benötigte Material zu holen. Wir staunen über ihren Eifer, und noch mehr über ihre Geschicklichkeit beim Bau der Behausung.

Währenddessen wartet unser neues Haustier geduldig im Badezimmer. Es ist schon dunkel, als die letzten Hammerschläge gemacht sind und unsere Tochter stolz ihr Werk präsentiert. Vor unserer Terrasse, angebaut an den Gartenzaun, steht ein hübscher Stall mit eingezäuntem Auslauf.

»Jetzt brauche ich nur noch Stroh«, verkündet unsere Tochter zufrieden.

»Wo willst du denn jetzt Stroh herbekommen?«, frage ich.

»Aus dem Reitstall. Dort hat meine Freundin ihr Pferd stehen, da kann ich bestimmt einen Ballen bekommen.«

»Und wie willst du den transportieren? Auf dem Fahrrad?«, fragt mein Mann.

»Och Paps, ich dachte, du fährst mich schnell. Ohne Einstreu ist es zu kalt für die Gans!«

Diesem Argument haben wir nichts entgegenzusetzen.

Unserem Gast im Badezimmer wird es langweilig, lautes Schnattern ist zu hören. Ich will nachsehen, öffne die Tür einen Spalt und stelle fest, dass die Gans nicht stubenrein ist. Heftig mit den Flügeln schlagend, rennt der Vogel aus seinem Gefängnis. Ich versuche, die Gans im Flur zu überholen, um die Tür zum Wohnzimmer zu schließen. Ich bin zu langsam, unser Festbraten sitzt unter dem Weihnachtsbaum. Ein ungewöhnliches, aber hübsches Bild. Seufzend lasse ich mich auf das Sofa fallen. Die Gans sieht mich an.

»Na, Gans, was tun wir denn nun mit dir?«, frage ich. Du solltest eigentlich in den Bräter, um mit Knödeln und Rotkraut serviert zu werden, denke ich. Ich schaffe es nicht, dies in ihrer Gegenwart laut auszusprechen, wie soll ich es da fertigbringen, das Gänsetier schlachten zu lassen? Vielleicht könnten wir sie beim Bauern im Ort abgeben. Nehmen Tierheime Gänse? Oder der Zoo?

Während ich noch über eine Lösung des Gänseproblems nachdenke, kommen Mann und Tochter zurück. Zwischen sich einen Ballen Stroh, machen sie sich auf den Weg in den Garten. Ich folge ihnen.

»Der Gans wurde es im Bad zu langweilig, sie ist ins Wohnzimmer umgezogen«, teile ich mit.

Mein Mann sieht mich ungläubig an.

»Ins Wohnzimmer?«

»Ja, unter den Christbaum«, antworte ich.

Unsere Tochter kommt mit Strohhalmen in den Locken auf allen Vieren aus dem Stall gekrochen.

»Dann hole ich sie und wir zeigen ihr ihr neues Zuhause. Und einen Namen braucht die Gans auch«, ruft das Töchterlein begeistert.

»Hast du mal überlegt, was wir mit der Gans machen sollen?«, fragt mein Mann.

»Wir können sie unmöglich schlachten lassen«, antworte ich. »Vielleicht geben wir sie zum Bauern?«

»Das ist eine gute Idee. Aber erst nach den Feiertagen, sonst …« In diesem Moment kommt unsere Tochter aus dem Haus. Die Gans watschelt hinter ihr her.

»Seht mal, ist sie nicht süß? Sie ist schon ganz zutraulich.«

»In der Tat erstaunlich«, bestätigt mein Mann.

»Ich nenne sie Sieglinde!«, verkündet unsere Tochter.

»Hallo Sieglinde«, sage ich. »Herzlich willkommen in unserem Garten.«

***

Wir sagen Sieglinde gute Nacht und gehen zurück ins Haus, um das Abendessen zu machen. Während ich in der Küche hantiere, rufe ich meiner Familie zu: »Was essen wir nun am 25., wenn Oma und Opa kommen?« Ich bekomme keine Antwort. »Deine Mutter erwartet eine Gans, du weißt, wie sie in solchen Dingen ist«, wende ich mich an meinen Mann.

»Wir holen eine tiefgefrorene im Supermarkt«, schlägt er vor.

»Paps, wie kannst du so etwas auch nur denken!«, entrüstet sich unsere Tochter. »Du willst doch nicht, während Sieglinde in unserem Garten wohnt und nur knapp dem Tod entronnen ist, einen ermordeten, eingefrorenen Artgenossen von ihr essen? Dann bin ich Weihnachten nicht hier!«

Ich sehe meinen Mann vorwurfsvoll an.

»Keine gute Idee«, sagt er leise. »Tut mir leid, Kleines, natürlich wollen wir das nicht.«

»Weitere Vorschläge?«, frage ich in die Runde.

Nach einer Weile springt unsere Tochter auf.

»Ich habe eine Idee. Ich recherchiere mal im Internet. Beim Frühstück erkläre ich euch, was ich meine.«

Am anderen Morgen sehen wir unsere Tochter gespannt an. Sie grinst wie ein Honigkuchenpferd, als sie an den Frühstückstisch kommt.

»Und?«, frage ich. »Warst du erfolgreich?«

»Und ob«, triumphiert unsere Tochter, und zieht einen Zettel aus der Hosentasche.

»Was ist das?«, frage ich neugierig.

»Eine Einkaufsliste mit den Zutaten für unsere diesjährige Weihnachtsgans.«

»Verstehe ich nicht«, gesteht mein Mann.

»Ich auch nicht. Hast du es dir anders überlegt?«, frage ich.

»Ach was«, lacht unsere Tochter.

»Sondern?«, fragen mein Mann und ich wie aus einem Mund.

»Ich habe das Rezept für eine Tofu-Gans«, erklärt unsere Tochter, und strahlt.

Sallys Tipp: Oma Lisbeths Westfälisches Spritzgebäck

Hat nicht jeder so ein Rezept von seiner Omi, das er jedes Jahr wieder hervorholt, um dann nicht nur im kulinarischen Genuss zu schwelgen, sondern sich auch wunderschönen Kindheitserinnerungen hinzugeben?

Sally hat definitiv so ein Rezept, und es stammt von ihrer Oma Lisbeth. Es bedeutet ihr sehr viel, aus diesem Grund möchte sie es nun hier mit ihren Leserinnen und Lesern teilen, denn geteilter Genuss ist bekanntlich doppelter Genuss!

***

Grundzutaten:

♥ 1 kg Mehl
♥ 600 g Butter
♥ 600 g Zucker
♥ 4 Eier
♥ 2 Päckchen Vanillezucker

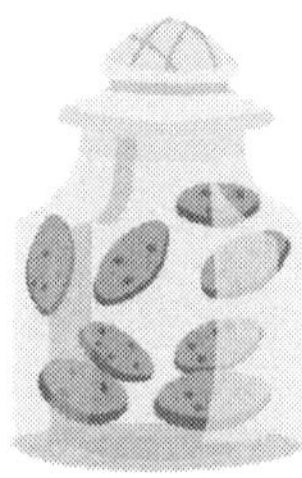

Zubereitung:

Aus allen Zutaten einen Teig kneten. Diesen in Frischhaltefolie wickeln und gut zwei Stunden im Kühlschrank ruhen lassen.

Dann den Teig durch einen Fleischwolf drehen – dies ist wichtig, da der Teig für einen Spritzbeutel zu schwer ist und es traditionell seit mehr als 60 Jahren so gehandhabt wird –; der Fleischwolf sollte einen Sterntüllenaufsatz oder einen gezackten Schlitzaufsatz haben.

Die auf diese Weise hübsch geformten Plätzchen auf ein mit Backpapier belegtes Blech spritzen bzw. legen und bei 175 Grad auf mittlerer Schiene etwa 10 bis 15 Minuten backen.

Dieses Mal nicht

Es ist früher Morgen, und meine Energie ist bereits am Ende. Schon wieder so ein Tag.

Dabei war es gestern noch so schön, ein richtig besinnlicher erster Advent mit leckeren Plätzchen, einem schönen Weihnachtsfilm, und zur Abwechslung mal friedlichen Kindern.

Doch »gestern« fühlt sich prompt an, als läge es Wochen zurück.

Montag also. Mal wieder.

Müde Kinder, die nicht aufstehen wollen. Zwei PuZis (**pu**bertierende **Zi**cken), 14 und 16 Jahre alt, und das Nesthäkchen, das mit Schmuseteddy unterm Arm und nasser Schlafanzughose aus dem Bett krabbelt und mich schuldbewusst ansieht.

Merkwürdig, dass sich meine Wünsche und der Wille dieses Trios nie, aber wirklich nie unter einen Hut bringen lassen.

Die PuZis streiten sich im Bad um die Wimperntusche, Nesthäkchen sitzt dazwischen auf dem Boden und ist in das Abziehen der Zellophanhüllen meiner Tampons vertieft.

Ich starre in das Nutella-Glas auf dem Frühstückstisch, auf dem Deckel ist das Bild eines Gewinnspiels, es geht um Urlaub in der Karibik, und schon geht meine Fantasie auf Reisen …

Gebräunte muskelgestählte Männerkörper, Meeresrauschen, Palmen im Wind, Kokosnüsse, frisch aufgeschlagen, schneeweißer Strand …

Ein schriller Schrei aus dem Badezimmer reißt mich aus meiner gedanklichen Reise. Man könnte es natürlich auch Flucht nennen, oder noch genauer: einen gescheiterten gedanklichen Fluchtversuch.

»Was ist denn jetzt schon wieder?«, murmele ich vor mich hin, und trotte mit einem gehetzten Blick auf die Wanduhr Richtung Bad.

»Viertel nach …«, setze ich an, unterbreche aber meinen Satz beim Anblick des Bildes, das sich mir bietet.

Beide PuZis starren in die Kloschlüssel, Nesthäkchen, auf den Zehenspitzen balancierend, drückt strahlend auf die Spültaste.

»Diese Kuh hat mir meine Zahnspangenbox abgenommen und herumgeworfen …«, setzt meine älteste Tochter Vivi zu einer Erklärung an.

»Weil sie mir die Wimperntusche nicht geben wollte!«, verteidigt sich ihre Schwester Verena mit schriller Stimme.

»Aha«, kommentiere ich, die Lage noch nicht ganz erfassend.

»Und als sie dann im Klo gelandet ist …«, erklärt Verena etwas kleinlaut, »… hat dieser Nervzwerg die Spülung gedrückt«, vollendet Vivi die Schilderung.

»Oh nein«, stöhne ich. »Und nun?«

»Ist sie weg!«, antworten beide Schwestern im Chor.

»Kommt endlich frühstücken«, sage ich im Gehen, und versuche, ruhig zu bleiben. Das bedeutet dann wohl einen weiteren Termin beim Kieferorthopäden, stelle ich frustriert fest.

Wird wohl nichts mit meinem Plan von einem gemütlichen Nachmittag auf der Couch vor dem Kamin mit dem neuesten Buch von Dan Brown. Es wird auch heute in seiner Plastikfolie eingeschweißt bleiben. Morgen, ganz bestimmt morgen, tröste ich mich, um nicht länger meinen geplatzten Plänen hinterher zu hängen, als Vivi und Verena am Frühstückstisch erscheinen und erklären, dass sie keinen Hunger haben, und es eh höchste Zeit sei, zu gehen.

»Welch Erkenntnis«, rutscht es mir eine Spur zu bissig heraus.

Die beiden Schwestern verlassen nach einer kurzen, aber heftigen Diskussion über das passende Schuhwerk das Haus.

Ich schließe die Haustür, atme tief durch, drücke die Schultern nach hinten und gehe zurück in das Esszimmer. Nesthäkchen ist auf den Tisch geklettert, hat sich das Nutella-Glas geholt und sich in eine dunkelhäutige Schönheit verwandelt. Ich muss lachen. Welch ein Glück, die Metamorphose beschränkt sich auf Gesicht und Hände, doch nun verzögert sich die Abfahrt zum Kindergarten um die Dauer einer Dusche, und damit kann ich den nächsten Punkt von der »Was ich heute nur für mich tue«-Liste streichen. Ich werde also einen weiteren Tag mit Winterpelz an den Beinen und ohne die sensationelle Sofortwirkung der Anti-Cellulite-Creme, die immerhin 52 Euro gekostet hat, leben müssen.

Aber was solls. Jetzt sind andere Dinge wichtiger als meine Schönheit, nämlich die Erziehung meiner Jüngsten zu Selbstbewusstsein, sozialer Kompetenz und musisch-künstlerischer Entfaltung im Waldkindergarten.

Ich nehme meine Kleine auf den Arm und wandere ins Bad. Chaos empfängt mich. Mit pfadfinderischem Geschick bahne ich mir einen Weg zur Dusche. Während ich Nesthäkchen ausziehe und unter die Dusche stelle, beschäftigt mich die Frage, wie es möglich ist, dass die beruflich erfolgreiche Frau am Abend erschöpft nach Hause kommt und, natürlich knappe zehn Minuten, bevor sie perfekt gestylt zu einer wahnsinnig angesagten Vernissage geht, in eine mit brennenden Kerzen umstellte, mit Rosenblättern gefüllte Badewanne steigt. Von Zauberhand wird ein Champagnerglas gereicht, im Hintergrund spielt leise Musik. Ich habe das schon in vielen Filmen gesehen, wer zum Teufel hat das alles wann vorbereitet, und wer macht später die Kerzen aus und angelt die Blätter aus dem Abfluss?

Nesthäkchen stößt spitze Schreie aus. Über meiner gedanklichen Analyse des Rosenblätterbades habe ich es versäumt, ihr den weißen Lieblingswaschlappen mit dem grünen Nilpferd während des Haarewaschens vor die Augen zu halten. Nesthäkchen protestiert heftig, kreischt, jammert und flüchtet tropfend und mit Schaumkrone auf dem Kopf aus der Duschwanne. Sie will aus dem Badezimmer rennen, rutscht kurz vor Tür aus, und bevor ich sie greifen kann, schlägt sie mit dem Kopf auf der Metallkante der Türschwelle auf. Stille.

Ich halte den Atem an. »21, 22 …«, beginne ich, zu zählen.

Die Schaumkrone beginnt, sich rot zu färben, und endlich beginnt Nesthäkchen, lauthals zu schreien. Dem Himmel sei Dank, sie ist nicht bewusstlos, hat nur eine kleine Platzwunde, aber ein Besuch beim Kinderarzt muss dann jetzt wohl sein.

***

Auf der Fahrt in die Praxis springt mir ein Kinoplakat mit George Clooneys Konterfei ins Auge.

»Seinen neuen Film, den muss ich sehen«, sage ich zu meinem verständnislos dreinblickenden Nesthäkchen.

Ich bin schon lange an dem Plakat vorbei, da sehe ich immer noch den intensiven Blick seiner braunen Augen vor mir, und mir wird ganz warm. Einen Augenblick vergesse ich das blutende, weinende Kind auf der Rückbank. Ein Kinoabend, nur ich ganz allein, und natürlich George. Kein Jimmy Blue, kein Johnny Depp und auch keine Disneyprinzessin, schwärme ich in Gedanken. In die letzte Vorstellung würde ich gehen, da sind keine lärmenden, Popcorn mampfenden und mit Chipstüten raschelnden Teenies. Vorher ein gemütliches Essen, nicht beim goldenen »Mc« und nicht beim »Pizzahut«, sondern in einem richtigen Restaurant mit weißen Tischdecken, Kristallgläsern und herrlicher weihnachtlicher Dekoration, und nachher einen Cappuccino trinken in einer Lounge, in der man irrsinnig elegante und erfolgreiche junge Frauen im Designerkostüm und mit Laptop unter dem Arm trifft, träume ich weiter.

»Das mache ich heute Abend, wenn schon sonst alles schiefgelaufen ist, aber *das* mache ich«, sage ich laut und sehr entschlossen zu meinem Bild im Rückspiegel.

Nesthäkchen sieht mich verängstigt an.

»Mama krank?«, fragt sie vorsichtig.

»Nein, mein Schatz, Mama ist nicht krank«, antworte ich. »Mama will nur nicht wieder auf das Erscheinen der DVD warten müssen, weil sie es nicht geschafft hat, ins Kino zu gehen, solange der Film läuft. Dieses Mal nicht. Das ist alles nur eine Frage der Organisation!«, erkläre ich.

Wenn der Arztbesuch erledigt ist, so ewig wird es ja nicht dauern, kann ich die Kleine noch im Kindergarten absetzen, dann kaufe ich auf dem Heimweg gleich ein, koche für Mittag und Abend vor, wasche schnell ein paar Maschinen Wäsche und bügel den Rest, der noch auf der Leine im Waschkeller hängt. Bis Mittag bin ich fertig, dann kann ich nach dem Mittagessen Vivi mit Bio helfen, Verena habe ich versprochen, dass ich mit ihr Geschichte lerne – ach, richtig, die Französische Revolution, die muss ich noch im großen Plötz nachlesen, das kann ich aber während des Kochens machen –, dann einen Spaziergang mit dem Hund – eine halbe Stunde reicht heute auch mal. Zum Tee um fünf Uhr, wenn mein Mann nach Hause kommt, bin ich dann mit allem fertig. Super! So muss es gehen.

***

Zufrieden mit meiner Tagesplanung und voller Vorfreude auf meinen Abend, treffe ich in der Praxis ein.

Beim Betreten des Wartezimmers wird mir klar, dass ich eine geringfügige Planänderung vornehmen muss. Es ist brechend voll. Also gut, kein Kindergarten, der hat längst geschlossen, bis wir hier rauskommen. Dann nehme ich Nesthäkchen eben mit zum Einkaufen, alles andere bleibt wie geplant, beruhige ich mich selbst.

Meine Tochter ist die letzte Patientin, die Doktor Bracht vor seiner Mittagspause noch behandelt. Es ist 12:30 Uhr, als wir die Praxis verlassen, meine Tochter mit einem dekorativen Kopfverband geschmückt.

»Jetzt muss das Einkaufen aber flott gehen«, sage ich optimistisch zu Nesthäkchen.

»Dino reiten?«, strahlt meine Kleine mich mit fragendem Blick an.

»Natürlich darfst du vor dem Supermarkt auf dem Dino reiten«, versichere ich ihr, und krame in meiner Hosentasche schon mal nach einer 50-Cent-Münze. Kostet mich ja höchstens zehn weitere Minuten, das wird schon gehen, kalkuliere ich in Gedanken, als ich auf den Parkplatz des Supermarktes fahre.

Der Dino ist besetzt. Ein kleiner Junge steht schon wartend davor. Ok, fünfzehn Minuten, korrigiere ich meinen Plan.

»Süße, du kannst doch auch nach dem Einkauf auf dem Dino reiten«, schlage ich vor.

»Neee, jetzt!«, verkündet Nesthäkchen. Immerhin brüllt sie nicht und stampft auch nicht wütend mit den kleinen Beinchen auf.

Ich atme tief durch. Nervzwerg, zitiere ich meine ältere Tochter in Gedanken, und warte geduldig ganze zwanzig Minuten, bis Nesthäkchen stolz auf den Rücken des Plastik-Dinos klettert. Der hat heute offensichtlich einen schlechten Tag und stellt nach zwei Sekunden quietschend die Arbeit ein. Nesthäkchen beginnt zu weinen.

»Mäuslein, der Dino ist vielleicht auch krank«, versuche ich meine Jüngste zu beruhigen.

»Doktor gehen«, schlägt sie mir vor, und hört auf zu weinen.

»Der Doktor kommt zum Dino«, erkläre ich, und ziehe Nesthäkchen mit einem Seitenblick auf meine Uhr vom Dino. 30 Minuten warten für einen Ritt von zwei Sekunden, stelle ich fest, und erkläre, dass wir uns nun mächtig beeilen müssen.

»Heute Mittag gibt es Pizza«, verkünde ich beim Griff in die Tiefkühltheke. »Und heute Abend Hotdogs mit Pommes.« Nun noch durch die zahlreichen Aufsteller voller Zimtsterne, Lebkuchen und Schokoladen-Weihnachtsmännern bis zur Kasse durchkämpfen, ohne ein weiteres Süßmaul-Nesthäkchen-Drama zu riskieren.

Kochen entfällt also, korrigiere ich erneut meinen Zeitplan. Ich greife zum Handy und wähle zunächst die Nummer von Vivi, dann die von Verena.

»Könntest du den Backofen auf 200 Grad vorheizen?«, bitte ich. »Ich bin in zehn …« Ich breche meine Erklärung ab, als ich bemerke, dass ich mit Verenas Mailbox rede.

***

Zu Hause erwarten mich zwei chillende Töchter mit Stöpseln in den Ohren.

»Klar, dass ihr eure Handys nicht hört!«, fahre ich sie gereizt an.

»Warum, war was?«, erkundigt sich Vivi, verschwindet aber direkt, ohne eine Antwort abzuwarten. Ich stelle meine Tüten ab und rechne: Zehn Minuten vorheizen, zehn Minuten backen, das reicht dann für die Französische Revolution und um eine Waschmaschine zu bestücken. Bügeln und Bio gehen gleichzeitig, der Hund kann auch mal ausnahmsweise in den Garten gehen, und um fünf Uhr zum Tee bin ich mit allem fertig.

Ich bin zufrieden mit meinem neuen Plan – und habe eine Pizza mitsamt Folie in den Ofen geschoben. Es ist erstaunlich, welche Unmenge stinkende, klebrige Substanz eine kleine Pizzafolie bei 200 Grad entwickelt.

»Wir essen Hotdogs«, rufe ich. Ohne Pommes, füge ich in Gedanken hinzu, der Backofen muss erst gereinigt werden. »Und heute Abend lassen wir uns Pizza kommen«, locke ich meine Töchter an den Esstisch.

***

Mendel war wohl kein Freund glattgebügelter Hemden, stelle ich fest. Zumindest lässt sich das Lernen seiner Gesetze nicht mit der Tätigkeit Bügeln vereinbaren. *Die Bildung unserer Kinder ist unsere Zukunft*, habe ich neulich auf einem Wahlplakat gelesen. Also Mendel. Bügeln, wenn die anderen Tee trinken. Geringfügige Plankorrektur. Danach bin ich mit allem fertig, resümiere ich, allerdings nicht mehr ganz überzeugt.

Ich beginne gerade mit dem zweiten Korb Bügelwäsche, als das Telefon läutet.

»Hallo Schatz«, flöte ich, ganz die liebende Ehefrau. »Kommst du bald? Wir wollen Pizza bestellen!«

»Nein«, höre ich die Antwort meines Mannes. »Der Chef hat mich spontan zur Vorweihnachtsfeier in diese neue schicke Lounge zum Cocktail eingeladen«, spricht er weiter.

»Designerkostüm und Laptop«, murmele ich in den Hörer.

»Wie bitte?«, fragt mein Mann.

»Ach, nichts«, antworte ich.

»Könntest du mir dann rasch ein Hemd und mein Jackett vorbeibringen? Ach, und eine andere Hose auch, so in Jeans und Pulli kann ich da nicht hingehen, und jetzt ist doch so viel Verkehr, das schaff ich nie hin und zurück, und dann noch pünktlich dort sein«, bittet mich mein Mann. Und ich habe natürlich keine Rushhour, denke ich, antworte aber: »Ja, natürlich, ich mache mich gleich auf den Weg.«

Wenn ich ohnehin in die Stadt muss, kann ich doch gleich ins Kino gehen, überlege ich, und rufe meine Töchter.

»Ich muss Papa Garderobe in sein Büro bringen, und würde dann gerne in der Stadt bleiben und ins Kino gehen«, teile ich Verena und Vivi mit.

»Ja, mach mal«, antwortet Vivi, und will das Zimmer verlassen.

»Könntet ihr bitte auf Nesthäkchen aufpassen und euch Pizza bestellen?«, hake ich nach.

Verena sieht mich erstaunt an. Ich hebe fragend die Augenbrauen.

»Und die Revolution?«, will meine Tochter wissen.

Vivi ist ebenfalls zu uns zurückgekehrt und wendet ein, sie wolle noch ausgehen und könne nicht auf den Zwerg aufpassen.

»Ich auch nicht«, platzt Verena heraus.

»Warum nicht?«, will ich überrascht wissen.

»Ich muss die Französische Revolution dann ja noch vertiefen«, erwidert meine Tochter mit sehr ernstem Gesichtsausdruck. »Das ist ein sehr komplexes Thema.«

»Vive la France«, grinse ich meine Töchter schief an. Ich seufze. »Dann komm ich halt zurück«, brumme ich vor mich hin, und mache mich auf die Suche nach den gewünschten Kleidungsstücken.

***

Ich benötige fast zwei Stunden für den Weg in die Stadt und zurück. Unterwegs kommen mir Zweifel, ob ich das Bügeleisen ausgeschaltet habe, und ich versuche ganze zwölf Mal, meine Töchter anzurufen:

zwei Mal auf unserem Festnetzanschluss – ich verzichte darauf, mit der freundlichen Stimme des Anrufbeantworters zu kommunizieren, und je fünf Mal auf den Handys meiner Töchter. Ohne Erfolg. Vor meinem geistigen Auge spielen sich fürchterliche Szenen ab, brennende Häuserzeilen, verkohlte Mädchenleichen und geschmorte Haustiere. Ich nähere mich unserem Wohnviertel und halte nach Blaulicht und Sirenen Ausschau. Aber alles ist friedlich und ruhig. Alles außer mir.

Ich schließe die Tür auf und überzeuge mich, dass wirklich alles in Ordnung ist.

»Habt ihr Pizza bestellt?«, rufe ich in Richtung Kinderzimmer. Monoton-aggressiver Rap ist die Antwort, gemischt mit Benjamin Blümchens »Törööö«. Ich reiße eine der Rap-Türen auf und brülle: »Habt ihr Pizza bestellt?«

Meine Töchter sehen mich verblüfft an.

»Nein, Mami, wir wollten auf dich warten«, flötet Verena zuckersüß. Vivi nickt eifrig.

»Dann mach ich das jetzt, es ist ja schon halb neun«, knurre ich genervt, und gehe zum Telefon.

Kurze Zeit später klingelt es.

»Der Pizzabote!«, rufe ich, in der Hoffnung, dass eines meiner Mädels an die Tür geht. Meine Hoffnung wird enttäuscht, und ich öffne die Tür selbst.

Ich reiße die Augen auf und mein Unterkiefer fällt nach unten: Vor mir steht George Clooney. Er trägt einen roten Mantel, weißen Bart und rote Zipfelmütze mit weißer Bommel dran, und er lächelt mich an. Auf seiner rechten Hand balanciert er zwei Pizzaschachteln, auf deren Deckeln ich das Cover von Dan Browns neustem Bestseller wiedererkenne. Staunend nehme ich ihm die Schachteln ab. Jetzt öffnet George mit einer gekonnten Geste die dritte Pizzaschachtel in seiner Linken. Ich höre mich hysterisch kreischen, als sich ein Schwall Wasser samt Rosenblättern auf meine Füße ergießt. Alles um mich herum beginnt, sich zu drehen. Georges Gesicht verschwimmt vor meinen Augen. Die Dan-Brown-Kartons fallen mir aus den Händen. Und es wird schwarz.

Als ich die Augen wieder öffne, ist alles um mich herum weiß.

Ich finde mich in einem Krankenhausbett wieder, eine freundlich lächelnde Schwester kommt herein und stellt mir einen hübschen Blumentopf mit einem roten Weihnachtsstern ans Bett.

»Jetzt habe ich Zeit für mich«, sage ich, und schließe lächelnd die Augen.

Sonnenuntergang

Eisige Kälte

Umarmt

Finstere Nacht

Eisblumen

Welken

In tödlicher Stille

Nichts

Unendliche Leere

Auf kaltem Planet.

Der Adventskranz

Dieses auf den ersten Blick harmlos scheinende kreisrunde Ding ist ein heimtückisches Teil!

In allen weihnachtlichen Belangen bin ich ein fanatischer Traditionalist.

Der Adventskranz wird nicht fertig dekoriert beim Discounter erworben, und auch nicht zu exorbitantem Preis beim Floristen erstanden. Nein, mein Adventskranz wird von einer Freundin aus meinem Ort aus heimischen Tannenzweigen gewunden, und von mir und meinen Familienmitgliedern dekoriert.

Jedes Jahr aufs Neue, und jedes Jahr anders. Eine nicht zu unterschätzende Herausforderung.

Die Freundin bringt den Kranz am Wochenende vor dem ersten Advent. Ich bewundere, wie jedes Jahr, ihre Kunstfertigkeit, wir trinken eine Tasse Tee, plaudern und tauschen den neusten Dorftratsch aus.

Der Adventskranz, noch waldfeucht und duftend, wandert auf den Balkon, um ihn möglichst lange frisch zu halten.

In der Familie wird die diesjährige Dekoration diskutiert. Soll das Symbol der Adventszeit rustikal oder elegant daherkommen? Vielleicht mal ganz modern? Oder doch traditionell? Welche Farben soll der Schmuck haben?

Am wichtigsten ist die Wahl der Kerzen. Dick oder dünn, rund oder eckig, mit Aufschrift oder schlicht? Ist nach reiflicher Überlegung eine Entscheidung gefallen, machen wir uns auf die Suche nach dem benötigten Material.

Da es traditionsgemäß mittlerweile Donnerstag oder Freitag vor dem ersten Adventssonntag ist, ist der Erwerb der Kerzen am schwierigsten. Irgendeine geheimnisvolle Macht verhindert jedes Jahr, dass wir Kerzen kaufen, wenn in den Läden noch eine große Auswahl besteht. Mit viel Glück erstehen wir vier gleiche Exemplare, besser wären fünf, da ja die Kerze, die am ersten Advent angezündet wird, spätestens am vierten Advent runtergebrannt ist und ersetzt werden muss. Ausgestattet mit vier gleichen und einer ähnlichen Kerze sowie einer Tüte voll Deko-Material, machen wir uns am Morgen des ersten Advents an das Ausschmücken des Adventskranzes.

Der Kranz wird vom Balkon geholt – und ist natürlich nass. Die jährlichen Vorwürfe, warum ich ihn nicht schon am Samstag hereingeholt hätte, prasseln auf mich herab.

Ja, warum habe ich nicht?, denke ich. Ich habe keine überzeugende Antwort darauf, und tauche stattdessen in eine der vielen Kisten ab, die sich im Flur stapeln und den Weihnachtsschmuck beinhalten. Ich suche, auch alle Jahre wieder, die Kerzenhalter für den Adventskranz. Wie immer kann ich nur drei finden. Gegenstand der neuen Diskussion ist also die Frage, warum ich nicht vor unserem Einkauf geprüft habe, ob vier Kerzenhalter vorhanden sind. Auch auf diese Frage will mir keine treffende Antwort einfallen.

»Das geht auch mit einem großen Baunagel«, schlage ich deshalb improvisierend vor.

Nach anfänglichen Zweifeln im Familienkreis wird ein Nagel gesucht, gefunden und von unten durch den, nunmehr nur noch feuchten, Kranz geschlagen.

Drei Kerzen auf drei ordentlichen Kerzenhaltern zieren den Kranz. Der betongraue Nagel ragt aus dem Tannengrün heraus und verleiht unserem Tischschmuck einen skurrilen Touch. Sechs Augen starren mich fragend an.

»Und wie willst du dadrauf eine Kerze befestigen?«, fragt eine Tochter.

Auf diese Frage weiß ich endlich mal eine Antwort!

»Wir machen den Nagel heiß und drücken die Kerze dann drauf.« Schon habe ich das Pfeifenfeuerzeug meines Mannes in der Hand und hantiere an dem Nagel.

»Fackel nur nicht den ganzen Kranz ab«, ermahnt mich die andere Tochter.

»Der ist viel zu nass«, beruhigt mein Mann sie.

»Ha, ha, wie witzig«, brumme ich, und nehme das Feuerzeug in die andere Hand. Meine Fingerspitzen haben eine ungesunde Farbe angenommen. Der Nagel beginnt zu glühen.

»Jetzt ist er heiß genug«, sage ich mit Blick in die Runde.

Meine Tochter greift nach der Kerze, beugt sich über den Kranz und visiert den Nagel an.

»Lass mal sehen, ob das funktioniert«, ruft ihre Schwester, und stupst sie zur Seite.

»Aua, Mama! Aua, verflixt!« Der gellende Schrei meiner Tochter geht in ein Wimmern über.

Entsetzt starre ich auf die Handfläche meiner Tochter. Eine hühnereigroße Brandblase wächst innerhalb weniger Sekunden aus der Handfläche heraus.

»Eis!«, kreische ich hysterisch. »Hol doch mal jemand Eis!«

In diesem Jahr haben wir einen Adventskranz, dessen vierte Kerze quer auf einem verkohlten Baunagel steckt.

Adveniat

Sonnensatt aus den großen Ferien, finde ich sie im Supermarkt.
Die ersten Vorboten, schokoladenüberzogen locken sie in den Regalen.
Er kommt.

Goldenes Herbstlicht beim Schaufensterbummel.
Kürbisse grinsen mich an, doch strahlen vereinzelt, noch verschämt, Sterne.
Er kommt.

Am neblig, regennassen Novembertag sehe ich die bunten Plakate.
An schmuddeligen Straßenrändern fordern sie mich zum Besuch auf.
Er kommt.

Am dunklen Nachmittagshimmel umtanzt die ersteSchneeflocke die Straßen überspannende Lichterkette.
Noch leuchtet sie nicht, mahnt mich nur zur Eile.
Er kommt.

Erwartungsvolle Spannung, durchsetzt von nervenzehrender Hektik, duftet nach Vanillearoma und Zimtglasur, nach Nusskrokant und Orangeat.
In Weihnachtskisten schlummern Schätze. Wachsfiguren, Engelshaar. Christbaumkugeln, Rentierschlitten. Elchservietten, Krippenspiel.
Er kommt.

Am kalten, weißen Winterabend,
von Kerzenschein erhellt,
ertrinke ich in Schleifenbändern,
in Glitzerfolie und Papier.

Der Amboss schmerzt von süßen Glocken,
mein Auge brennt vom Lichtermeer.
Alle sind jetzt satt, zufrieden,
ich nur ausgebrannt und leer.
Rudolphs Nase blinkt noch immer,
Santa kam vom Himmel her.

Die Weihnachtsbäckerei

Der Duft von Vanille und Zimt, von Kardamom und Nelken und drei Blechen verbranntem Spritzgebäck zieht durch das Haus. Es ist Advent.

Ich erwähnte schon, dass ich in Sachen Weihnachtstradition ein Hardliner bin? Demnach sollte das Weihnachtsgebäck, das im Übrigen eigentlich Adventsgebäck heißen müsste, denn an Weihnachten kann es keiner mehr sehen, zum ersten Advent in seinen bunten Blechkisten auf den Verzehr warten. Tut es aber bei mir nie und das, obwohl ich ab September in Weihnachtsstimmung bin.

***

Mitte September komme ich aus dem Sommerurlaub zurück und finde in den Regalen jedes Supermarktes Lebkuchen, Zimtsterne, Stollen und Pfeffernüsse. Das ist der Zeitpunkt, an dem ich zum ersten Mal denke: Dieses Jahr fängst du rechtzeitig an, zu backen.

Ich kann nicht erklären, warum der September vergeht, der Oktober verstreicht und der November sich dem Ende zuneigt, und ich kein einziges Plätzchen gebacken habe.

In der Woche vor dem ersten Advent verfalle ich in Panik, hole die Rezepte hervor und kaufe einen Stapel neuer Zeitschriften, deren Titelblätter mit Bildern leckerer Plätzchen locken, die ruckzuck gebacken sind.

Mit dem Studium der Zutaten und Backanleitungen ist der erste entscheidende Schritt in der Weihnachtsbäckerei getan.

Der zweite Punkt auf der To-do-Liste ist das Durchforsten meines Terminkalenders nach einem freien Tag, an dem die Backerei stattfinden soll. Ein ganzer Tag lässt sich einfach nicht finden. Vielleicht zwei halbe Tage? Auch schwierig. Dann aber sicher zwei, oder besser drei Abende? Könnte machbar sein.

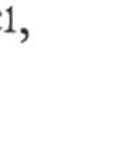

Da man wichtige Projekte nicht aufschieben soll, plane ich für den nächsten Vormittag den Einkauf aller benötigten Zutaten. Ich bin überzeugt, am Abend starten zu können.

Am nächsten Morgen schiebe ich hoch motiviert meinen Einkaufswagen mit Mehl, Zucker, Butter, Nüssen, Mandeln, Kokosraspeln, Schokoladenkuvertüre, Backoblaten und diversen Gewürzen an die Kasse. Dort treffe ich eine gute Bekannte, die mich an unsere vor Wochen getroffene Verabredung erinnert. Ich lasse mir nichts anmerken.

Dann aber morgen Abend, denke ich. Immerhin habe ich jetzt alles im Haus, kann also am nächsten Abend unverzüglich anfangen. Sollte ich auch, denn morgen ist Freitag.

Leider erfahre ich beim Frühstück, dass meine Tochter für den Abend Freunde zum Pizzabacken eingeladen hat.

Wenn ich am Samstag früh aufstehe, sofort anfange und den Tag durcharbeite, dann müssten am Adventsonntag wenigstens einige Sorten Plätzchen fertig sein, überlege ich.

Mein Wecker klingelt um sechs Uhr. Das einzige Familienmitglied, das mein Aufstehen bemerkt, ist der Hund. Sichtlich verwirrt über die frühe Stunde, trottet er mir hinterher. Ich trinke einen Kaffee und beginne.

Zuerst bereite ich die Teigsorten zu, die ruhen müssen, dann jene, die direkt verarbeitet werden können. Ich rühre und knete, rolle aus, steche aus, forme Kipferl und spritze Schlangen auf das Blech. Die Temperatur in der Küche steigt auf Saunaniveau, Fußboden und Arbeitsfläche scheinen mit Zuckerguss überzogen. Kurz nach 22 Uhr hole ich die letzten Bleche aus dem Ofen. Ich habe es geschafft. Fünf Sorten Plätzchen ruhen auf Gittern und Rösten in meiner Küche und im Esszimmer. Die ersten sind schon dosenfertig, der Rest muss über Nacht auskühlen.

Ich bin erledigt, sehne mich nach einem Glas Gurken, einem Rollmops, einem Leberwurstbrot und einer Dusche. Im Pyjama werfe ich einen letzten Blick auf Küche und Esstisch, Stolz erfüllt mich. Ich schlafe mit einem zufriedenen Lächeln im Gesicht auf der Stelle ein.

Am Morgen des ersten Advents gehe ich, noch im Schlafanzug, hinunter und will mein Tageswerk von gestern in Dosen packen, um in der Küche und auf dem Esstisch Platz zu machen für das Familienfrühstück.

Das ist gar nicht mehr nötig.

Hoch erfreut über das reiche Angebot an Leckereien, hat unser Hund sowohl die Küche »aufgeräumt« als auch den Esstisch »abgeräumt«.

Sallys Tipp: Väterchens Geburtstagstorte

Dieses Rezept ist nicht nur für Weihnachten geeignet. Es stammt von Sallys Großmutter, die diese Torte jedes Jahr zum Geburtstag ihres Sohnes am 5. Dezember buk. Diese Tradition führte Sally fort, solange ihr Väterchen lebte, weswegen dieses Rezept für sie mit bittersüßen Erinnerungen verbunden ist.

***

Für den Bisquitboden:

♥ 6 Eier
♥ 6 Esslöffel kaltes Wasser
♥ 240 g Zucker
♥ 240 g Mehl

Die Eier trennen, das Eiweiß mit Wasser sehr steif schlagen. Mehl und Eigelb unterheben. Bei 180 Grad etwa 25 Minuten backen

Für die Füllung:

♥ 1 Glas selbstgemachte Erdbeermarmelade
♥ 1 Päckchen Vanillepuddingpulver zum kochen
♥ 4 Esslöffel Zucker
♥ 500 ml Milch
♥ 250 g weiche Butter

Vanillepuddingpulver mit Zucker und 6 Esslöffeln Milch anrühren. Restliche Milch zum Kochen bringen, angerührte Masse einrühren und aufkochen. Unter häufigem Rühren abkühlen lassen.

In der Zwischenzeit den Bisquitboden zweimal waagerecht durchschneiden, die untere Hälfte mit Erdbeermarmelade bestreichen, den zweiten Boden aufsetzen.

Wenn der Pudding abgekühlt ist, die Butter in Stückchen unterrühren.

Den zweiten Boden mit der Buttercreme bestreichen, den letzten Boden aufsetzen und ebenfalls bestreichen.

Den Rand der Torte mit Buttercreme bestreichen und mit Krokant versehen.

Die restliche Buttercreme in eine Spritztülle füllen und die Torte nach Wunsch damit verzieren.

Stille

Das Ticken der Wanduhr ist das einzige Geräusch in der unerträglichen Stille ihrer Wohnung. Margarete sitzt im Wintermantel am Küchentisch, die Handtasche auf dem Schoß, und knetet die Handschuhe in ihren Händen. Den Blick auf die Uhr gerichtet, als könnte sie die Geschwindigkeit des Zeigers beeinflussen, wartet sie.

Margarete schiebt den Ärmel ihres Mantels ein wenig hoch, um auf ihre Armbanduhr zu schauen. Drei Uhr, exakt die gleiche Zeit, die die Wanduhr anzeigt. Weit in der Ferne schlägt eine Kirchturmuhr, unten auf der Straße fährt ein Auto vorbei. Dann ist es wieder still. Nur das Ticken der Wanduhr ist zu hören und das Klicken, wenn der Minutenzeiger vorwärts springt.

Als Margarete aufsteht und in den Flur geht, hallen ihre Schritte auf dem Linoleumfußboden durch die Wohnung. Der Schlüsselbund klirrt leise, als sie ihn aus der Keramikschale nimmt. Der Teppichboden im Flur schluckt das Geräusch ihrer Schritte auf dem Weg zur Haustür. Margarete zieht die Haustür hinter sich zu und dreht den Schlüssel zweimal herum. Sie atmet erleichtert aus.

Im Vorgarten streiten zwei Meisen lautstark am Futterhäuschen. Der gefrorene Schnee knirscht unter Margaretes Füßen. Das Gartentor quietscht, als sie es öffnet.

An der nahegelegenen Bushaltestelle lärmen die wartenden Schulkinder. Margarete lächelt. An der nächsten Straßenkreuzung sieht sie schon den Bus mit der Nummer 35 an der roten Ampel stehen. Margarete beschleunigt ihren Schritt. Sie erreicht die Haltestelle, als der Busfahrer gerade mit einem lauten Zischen die Türen öffnet. Eine Gruppe kichernder Teenager drängt aus dem Bus, bevor Margarete einsteigen kann. Der Bus ist voll besetzt, Margarete ergattert noch einen Platz am Fenster. Es herrscht dichter Verkehr stadteinwärts. Langsam schiebt sich der Bus in einer Schlange hupender Autos vorwärts. Margarete schaut aus dem Fenster, es beginnt zu dämmern, die Weihnachtsbeleuchtung über den Straßen ist eingeschaltet und lässt alles in ungewohntem Glanz erstrahlen. Margarete genießt das Bild. Fast ein wenig enttäuscht, dass es so schnell ging, steigt sie nach einer Dreiviertelstunde in der Innenstadt aus.

***

Auf den Gehwegen drängen sich die Menschen, beladen mit Tüten und Paketen. Ein Straßenmusikant spielt auf dem Schifferklavier *»Jingle Bells«*, vor einem Kaufhauseingang steht ein Weihnachtsmann neben einem Reklameschild. Er schwingt eine Glocke über dem Kopf und bemüht sich, mit lauten Rufen Kunden in das Geschäft zu locken. Die Frau dicht vor Margarete versucht, ihren kleinen Sohn an dem Weihnachtsmann vorbeizuzerren. Der Kleine stimmt ein ohrenbetäubendes Geschrei an.

Margarete tritt in den Kaufhauseingang, mit strahlenden Augen betrachtet sie den Trubel um sich herum. Ein Blick auf die Uhr zeigt ihr, dass ihr noch etwas Zeit bleibt bis zur Verabredung mit ihrer Tochter Helen. Sie öffnet die Tür zum Kaufhaus, es ist warm und überfüllt. *»Let it snow«* dröhnt aus den Lautsprechern, dazwischen verkündet eine scheppernde Frauenstimme, dass das Weihnachtsdorf im dritten Obergeschoss bei den Spielwaren zu finden ist.

Margarete öffnet die Knöpfe ihres Mantels und fährt mit der Rolltreppe in die dritte Etage. Mit einer Flut von Müttern mit kleinen Kindern wird sie in Richtung einer Holzhütte mit Deko-Schnee gedrängt. Der Pappaufsteller davor verkündet »Fotos mit dem Weihnachtsmann«. In einer langen Schlange schieben sich die Leute auf den verkleideten jungen Mann vor der Holzhütte zu.

Margarete tritt zur Seite und betrachtet das Treiben. Einige Kinder haben vor Aufregung glühende Wangen, andere quengeln an der Hand ihrer Mutter, wieder andere weinen und werden auf dem Arm getröstet. Die meisten Mütter sehen gehetzt und genervt aus, nur wenige sind entspannt und plaudern mit anderen Frauen. Margarete seufzt.

»Wie gerne würde ich mit euch tauschen«, murmelt sie, und wendet sich wieder den Rolltreppen zu.

Auf der Straße ist das Gedränge jetzt noch dichter.

***

Einige Minuten später betritt Margarete ein gut besuchtes Café, bleibt vor der Kuchentheke stehen und sucht mit den Augen die Tische nach ihrer Tochter ab. Helen ist wie immer zu spät, stellt Margarete amüsiert fest. Sie hat aber auch immer viel um die Ohren, denkt sie. Mit zwei kleinen Kindern, den Geigenstunden, die sie gibt, und den zwei großen Hunden ist ihr Alltag laut und turbulent.

Bis auf einen Tisch in der hintersten Ecke ist das Café voll besetzt. Margarete bahnt sich einen Weg zu dem freien Tisch. Nach einem Blick in die Karte bestellt sie bei der ungeduldig wartenden Bedienung einen Milchkaffee. Am Nachbartisch rechts von ihr diskutiert ein junges Pärchen heftig über die zu kaufenden Weihnachtsgeschenke für die Kinder. Links von Margarete spricht ein einzelner Herr mittleren Alters laut in sein Handy. Er bemüht sich, eine unerwünschte Einladung möglichst schonend abzulehnen. Unmittelbar vor Margarete haben zwei alte Damen mit Hut Platz genommen, sie lästern über die Weihnachtsdekoration im Garten ihrer Nachbarin. Margarete lauscht amüsiert mal dem einen, mal dem anderen Gespräch, während ihr Blick auf den Eingang des Cafés gerichtet ist.

***

Der Milchkaffee ist beinahe geleert, als Helen durch die Tür kommt. Überrascht sieht Margarete, dass ihre Tochter keinen Kinderwagen schiebt. Ob sie die kleine Mia an der Hand hält, kann sie in dem überfüllten Café nicht erkennen. Helen öffnet, noch während sie auf den Tisch ihrer Mutter zuläuft, ihren Mantel und wickelt den dicken Wollschal vom Hals. Atemlos lässt sie sich auf den Stuhl neben ihrer Mutter fallen.

»Hallo Mama. Sorry für die Verspätung, ich habe Mia und Moritz noch bei einer Freundin vorbeigebracht, sonst hätten wir keine Minute Ruhe. Und da draußen, ein Gedrängel und Geschiebe! Man kommt nur im Schneckentempo voran. Himmel, ist das voll hier, und ein Lärm, man versteht ja sein eigenes Wort nicht! Vielleicht hätten wir uns doch an einem ruhigeren Ort treffen sollen? Einfach nur Stille, das könnte ich jetzt gebrauchen.« Helen pustet sich eine Haarsträhne aus dem erhitzten Gesicht und sieht ihre Mutter fragend an.

Margarete lächelt und schüttelt kaum merklich den Kopf.

»Ich finde es schön so.«

Von Drachen und Rentieren

Once upon a time, there was a little boy, his name was Louis … Oh, sorry, ich wollte die Geschichte ja auf Deutsch erzählen!

Ok, also noch mal von vorn …

***

Es war einmal ein kleiner Junge, sein Name war Louis, und Louis war gerade sechs Jahre alt geworden. An einem besonders stürmischen Novembertag ging Louis mit seinem Papa in den Park, um seinen selbstgebauten neuen Drachen steigen zu lassen. Er war ganz wunderschön geworden, ein roter Drachen mit lachendem Gesicht und einem sehr langen Schwanz, der viele gelbe Schleifen hatte.

Vater und Sohn rollten die Drachenschnur aus und hielten den Drachen fest. Louis wollte die Schnur halten, aber Papa erklärte ihm, der Wind sei viel zu stark und würde ihm die Schnur aus der Hand reißen, oder der Drachen würde gar den ganzen Louis in die Luft heben.

»Ich halte den Drachen und lasse ihn steigen«, sagte der Vater.

Louis war etwas enttäuscht darüber und ließ sich ins Gras plumpsen. Auf dem Rücken liegend, schaute er seinem Drachen hinterher, der, tanzend, immer höher und höher in den Himmel aufstieg. Kleiner und kleiner wurde der Drachen, und Louis Augen auch, schließlich fielen sie ihm zu, und Louis träumte …

***

Er träumte, wie er die Drachenschnur in seinen Händen hielt, ganz fest und mit all seiner Kraft. Aber als eine besonders starke Böe kam, wurde er in die Luft gehoben und flog, den Drachen hoch über sich, einfach davon. Der Park mit seinen Bäumen und seinem Papa unter ihm wurde immer winziger, bis Louis sie gar nicht mehr erkennen konnte.

»Papa, Papa!«, rief Louis, aber der konnte ihn schon längst nicht mehr hören.

Langsam wurden Louis kleine Hände müde und kraftlos, er konnte sich nicht mehr halten. Ängstlich schaute er unter sich, da zog direkt unter ihm eine dicke, weiße, fluffige Wolke vorbei. Louis hatte keine Kraft mehr, und so ließ er die Drachenschnur los und landete mitten auf der Wolke.

Sie war weich, duftete herrlich, ja, tatsächlich, sie roch zuckersüß! Vorsichtig zupfte Louis ein Stückchen von der Wolke ab, schnupperte daran und steckte es sich schließlich in den Mund.

»Oh man!«, rief Louis. Die Wolke war aus Zuckerwatte! Ein Stück nach dem anderen naschte Louis von seiner Wolke, und flog, vom Wind getrieben, dahin.

»Ich darf nicht zu viel von der Zuckerwattewolke essen, sonst stürze ich noch ab«, beschloss Louis gerade, als er merkte, dass die Wolke langsam immer tiefer sank. Unter ihm war jetzt ein verschneites kleines Dorf zu erkennen. Neugierig beugte Louis sich über den Rand der Wolke, um besser sehen zu können.

»Ich scheine hier zu landen«, stellte der Junge fest, als die Wolke auch schon sanft aufsetzte. Louis kletterte herunter und sah sich um. Er stand auf einem Platz, rings um ihn herum waren kleine Häuschen. Es waren aber keine gewöhnlichen Häuser, diese waren ganz und gar aus Lebkuchen, die Dächer waren mit Zuckerguss überzogen und die Gartenzäune vor den Häuschen waren aus rot und grün geringelten Zuckerstangen. Mitten auf dem Platz stand eine große Tanne, nicht mit grünen Nadeln, sondern mit Zweigen aus Schokolade, und an den Zweigen hingen Süßigkeiten aller Art. Kekse, Zuckerkringel, Gummibärchen und Marshmallows in allen Farben. Louis staunte.

»Wo bin ich hier denn nur, und wer mag denn hier wohl wohnen? Hallo? Ist da jemand?«, rief er.

Sofort öffneten sich Fenster an den kleinen Häuschen.

»Hallo, wir sind hier!«, riefen freundliche Stimmen. Louis dreht sich einmal im Kreis um sich selbst und betrachtete die kleinen Wesen, die aus den Fenstern schauten. Einige kamen aus den Häusern gelaufen und standen in den verschneiten Vorgärten am Zuckerstangengartenzaun. Die kleinen Wesen schauten ihn freundlich an und winkten ihm zu.

Ein kleines Mädchen, sie war kaum größer als er selbst, mit dicken blonden Zöpfen, die unter einer buntgemusterten Strickmütze hervorschauten, winkte Louis zu sich an den Zaun. Louis zögerte, aber das Mädchen mit den Sommersprossen auf der niedlichen Stupsnase sah so freundlich aus, dass er auf sie zu ging und »Hallo« sagte.

»Hallöchen, ich heiße Birte, und du?«, sagte das Mädchen, und streckte ihm ihre Hand entgegen.

»Ich bin Louis«, antwortet Louis, und griff nach ihrer Hand. »Kannst du mir bitte sagen, wo ich hier bin?«

Das Mädchen lachte.

»Du bist hoch oben im Norden, im Weihnachtsland!«, sagte Birte zu Louis.

»Im Weihnachtsland am Nordpol?« Louis starrte Birte mit offenem Mund und riesigen Augen an.

»Aber sicher, schau, dort drüben, in dem großen Haus mit den vielen Pfefferkuchen, da wohnt der Weihnachtsmann. Der ist aber jetzt noch nicht da. Er ist noch in seinem Sommerhaus in Spanien und kommt erst in ein paar Tagen«, erzählte Birte, und zeigte dabei auf ein großes Haus aus köstlich aussehenden braunen und weißen Pfefferkuchen.

»D … d … der *Weihnachtsmann*?«, stotterte Louis ungläubig. Wieder lachte Birte.

»Ja, im Weihnachtsland wohnt natürlich der Weihnachtsmann, und wir, wir sind nämlich die Weihnachtselfen!« Birte zog die Strickmütze von ihrem Kopf und deutete auf ihre spitzen Ohren.

»Glaubst du mir jetzt?«, fragte sie Louis, und setzte ihre Mütze wieder auf.

Louis nickte stumm und starrte verblüfft um sich herum die Gegend an.

»Ich bin auf einer Zuckerwattewolke ins Weihnachtsland geflogen und spreche mit einer Weihnachtselfe«, murmelte er leise vor sich hin.

»Ja, ganz recht«, sagte Birte, die ihn trotzdem verstanden hatte. »Möchtest du nicht hereinkommen und einen heißen Kakao trinken und etwas essen? Du bist doch sicher hungrig und durstig nach dem langen Flug?«, bot Birte an.

Jetzt merkte Louis, dass er tatsächlich großen Hunger hatte, und nickte.

»Dann komm herein«, sagte Birte, und eilte zur Tür. »Dann kannst du mir auch erzählen, was du hier machst, denn eigentlich dürfen Menschen hier nämlich nicht herkommen.«

In dem kleinen Häuschen war nur ein Zimmer. Darin standen ein kleines Bett, ein Tisch und zwei Stühle. Birte deutete auf einen der Stühle.

»Setz dich doch«, forderte sie Louis auf. Das tat Louis. Vor ihm auf dem Tisch standen schon ein großer Becher mit dampfender heißer Schokolade und eine Schüssel mit Keksen und Lebkuchenherzen.

»Greif nur zu«, sagte Birte, und zog sich den zweiten Stuhl heran. »Also, wieso bist du hier?«, fragte sie, und sah ihn neugierig an.

»Ähm, ich weiß es nicht«, antwortete Louis wahrheitsgemäß.

»Du bist ein Menschenkind, du bist auf einer Zuckerwattewolke ins Weihnachtsland geflogen, und du weißt nicht, warum?«, staunte Birte. Da erzählte Louis ihr von seinem Papa und vom Drachen und von allem, was dann passiert war.

Birte sah ihn mit großen blauen Augen an und sagte schließlich: »Aha, du bist also eher zufällig hier gelandet, du Glückskind! Und was möchtest du nun machen?«

Louis schwieg eine Weile und dachte nach. Als er von seinem Papa und seinem Drachen erzählt hatte, hatte er ganz viel Heimweh bekommen. Er wurde sehr traurig. Ich kann doch dieser netten Weihnachtselfe nicht sagen, dass ich von diesem Ort fort möchte, an den sonst nie ein Menschenkind kommen darf, dachte Louis. Dass ich lieber zu Hause sein will, bei Mama und Papa, als hier im Weihnachtsland, wo die Bäume voll Süßigkeiten hängen und die Häuser und Zäune aus Kuchen und Zuckerstangen sind, das kann ich doch nicht sagen.

»Du möchtest also gerne nach Hause?«, fragte Birte. Louis sah sie erstaunt an. Er hatte doch kein Wort gesagt! Fragend sah er Birte an.

Die Weihnachtselfe nickte und lächelte.

»Dann musst du zum Rentier-Gehege gehen, dort findest du Jannes, er ist unser Rentier-Fachmann, er weiß wirklich *alles* über Rentiere, und kann sogar mit ihnen sprechen. Er macht immer um diese Zeit Probeflüge mit den Jungtieren, vielleicht nimmt er dich ja mit. Ich zeige dir, wo es ist«, sagte Birte, und nahm Louis an die Hand.

Sie gingen durch den Zuckerstangengartenzaun und das Lebkuchentor auf den Dorfplatz, und Birte zeigte Louis den Weg zum Rentier-Gehege. Louis bedankte sich höflich, verabschiedete sich von Birte und machte sich auf den Weg.

Schon von Weitem sah er ein Rudel Rentiere auf einer verschneiten Weide an einer Futterraufe stehen. Die Tiere schauten Louis neugierig an, sie schienen gar nicht scheu, liefen an den Zaun und ließen sich sogar streicheln.

Während Louis ihnen das Fell kraulte und über die feuchten Nasen streichelte, hielt er nach Jannes Ausschau. Er konnte ihn nirgends entdecken und rief schließlich: »Jannes, hallo, Jannes, wo bist du denn?«

Louis bekam keine Antwort. Er sah sich um. Am Ende der großen Weide entdeckte er eine Hütte und lief darauf zu. Wieder rief Louis: »Jannes! Jannes? Wo bist du?«

Aber alles blieb still. Louis ging zur Tür der Hütte und klopfte zaghaft an.

»Jannes, bist du da drin?«, fragte er, aber wieder bekam er keine Antwort. Louis überlegte sich gerade, ob er einfach hineingehen sollte und nachsehen, als er ein leises Schniefen hörte. Das Geräusch kam eindeutig aus der Hütte! Louis drückte gegen die Tür und fragte besorgt: »Jannes, bist du das?«

Louis bekam ein kaum hörbares geschluchztes »Ja« als Antwort. »Komm herein!«, forderte ihn die schniefende Stimme auf.

Louis betrat die Hütte und brauchte einen Moment, bis sich seine Augen an die Dunkelheit in der Hütte gewöhnt hatten. Dann entdeckte er in der hintersten Ecke, auf einem Heuballen kauernd, Jannes, einen etwa zwölf Jahre alten Jungen mit einer runden Brille auf der Nase und einer coolen roten Bommelzipfelmütze auf dem Kopf.

Jannes sah ganz erbärmlich traurig aus mit seinen verweinten Augen, auch seine Nase war schon ganz rot, und er machte einen ganz und gar unglücklichen Eindruck.

»Hallo Jannes, ich bin Louis«, stellte Louis sich vor, und setzte sich vorsichtig neben Jannes. »Warum weinst du denn so, Jannes, ist etwas passiert? Kann ich dir helfen?«

»Ja«, schniefte Jannes. »Etwas ganz, ganz schreckliches ist passiert.« Jannes begann erneut, heftig zu weinen und zu schniefen. Louis kannte den Jungen zwar nicht, aber er mochte ihn auf Anhieb, und er tat ihm schrecklich leid, und so legte er voller Mitgefühl seinen Arm um dessen Schultern und fragte: »Was ist denn geschehen?«

Es dauerte eine ganze Weile, bis Jannes wieder deutlich sprechen konnte, doch dann wischte er sich mit dem Ärmel seiner Jacke über die Augen und die tropfende Nase, und dann begann er, zu erzählen.

»Stardust, der kleine Sohn von Comet, du weißt schon, das ist das Rentier, das der Weihnachtsmann gerettet hat, naja, jedenfalls hat sich Stardust mal wieder an Süßigkeiten überfressen und kann nun nicht am letzten, entscheidenden Wettfliegen teilnehmen.«

Schon wieder kullerten Tränen über Jannes' Gesicht und er schaute niedergeschlagen zu Boden.

»Warum hast du ihm denn so viele Süßigkeiten gegeben, wenn er davon so krank wird?«, fragte Louis rasch.

»Ich habe sie ihm ja nicht gegeben«, schniefte Jannes. »Stardust ist ganz verrückt auf Naschereien, haut immer aus seinem Gehege ab und stopft sich dann im Weihnachtsdorf mit Lebkuchen, Zuckerstangen und Schokolade voll, und dann bekommt er schlimmes Bauchweh und kann drei Tage nicht fliegen. Und morgen ist das große Wettfliegen!«

Jannes' Stimme war ganz leise geworden und er ließ den Kopf hängen.

»Aber es wird doch bestimmt wieder mal ein Rennen geben«, versuchte Louis, Jannes zu trösten.

»Ja, sicher, im nächsten Jahr«, sagte Jannes traurig.

»Ich habe den ganzen Sommer jeden Tag mit Stardust trainiert, und jetzt muss ich ein ganzes Jahr warten! Dieser Fresssack, Gierschlund, Nimmersatt …«, begann Jannes zu schimpfen. Er war aufgesprungen und lief durch die Hütte. Louis wusste nicht, wie er ihn beruhigen sollte, und er wusste erst recht nicht, wie er Jannes jetzt bitten sollte, ihn nach Hause zu Mama und Papa zu bringen.

Jannes setzte sich wieder neben Louis und beide starrten schweigend auf den Boden.

Ich werde hier nie wieder wegkommen, Mama und Papa werden meinen Geburtstag ohne mich feiern, und Weihnachten auch, dachte Louis, und nun kullerten auch ihm dicke Tränen über die Wangen. Louis versuchte, das Schluchzen zu unterdrücken, aber Jannes sah ihn schon an.

»Was willst du eigentlich hier?«, fragte er ihn.

»Nach Hause«, war alles, was Louis hervorbrachte.

»Äh, wie bist du denn überhaupt ins Weihnachtsland gekommen? Eigentlich haben Menschenkinder hier nichts zu suchen!«, sprach Jannes verwundert weiter.

Da erzählte Louis ihm die ganze Geschichte.

»… und dann hat Birte mich zu dir geschickt, ich soll dich fragen, ob du mich vielleicht auf einem Probeflug mit nach Hause nehmen kannst«, beendete Louis seine Erzählung. »Aber das geht ja jetzt wohl nicht«, sagte er ganz leise.

Jannes sprang auf die Füße, nahm Louis am Arm, zog ihn hoch und strahlte ihn an.

»Aber sicher geht das, die Probeflüge mache ich sowieso mit Comet, Dancer, Rudolph und den anderen, Stardust ist noch lange nicht so weit, mit den erfahrenen älteren Rentieren mithalten zu können. Komm, lass uns gleich den großen Schlitten holen und anspannen!«

Das ließ Louis sich nicht zweimal sagen, folgte Jannes und half ihm, den Schlitten aus dem Schuppen zu holen und die Rentiere einzuspannen. Er stieg hinten in den Schlitten ein, Jannes deckte ihn mit Schaffellen zu, damit es Louis nicht zu kalt würde, und kletterte dann auf die vordere Bank. Er nahm die Zügel in die Hand, schnalzte mit der Zunge, und schon erhoben sie sich in die Lüfte.

Es war bereits dunkel geworden, Louis betrachtete die funkelnden Sterne, kuschelte sich tief in die warmen Felle, schloss die Augen, und als der Fahrtwind ihm die Haare zerzauste, war ihm, als ob er aus weiter Ferne die Stimme seines Vaters hören würde.

***

»Louis? Louis!«, rief sein Vater.

»Daddy?«, murmelte Louis, und rieb sich die Augen.

»Louis, du kannst doch nicht hier auf der Wiese einschlafen, das ist viel zu kalt!«, schimpfte sein Vater liebevoll, und Louis schlug blinzelnd die Augen auf. Verwundert sah er seinen Vater an. Der streckte ihm seine Hand entgegen und sagte: »Komm, lass uns nach Hause gehe, Mami wartet sicher schon auf uns.«

»Aber, aber … Jannes fliegt doch noch …«, stotterte Louis.

»Jannes? Ach, du hast deinen Drachen Jannes getauft? Was für ein schöner Name!«, lachte der Vater. »Nein, ich habe die Schnur schon eingeholt und Jannes liegt jetzt bereits im Kofferraum und wartet auf uns«, erklärte der Vater schmunzelnd.

Beide machten sich auf den Weg zum Parkplatz. Als sie das Auto erreicht hatten, und der Vater einstieg, ging Louis umständlich hinten um den Wagen herum, um einen Blick in den Kofferraum werfen zu können. Louis konnte sich einfach nicht vorstellen, dass ein Weihnachtself samt Rentierschlitten in den Kofferraum passen sollte …

Der Weihnachtseinkauf

Hinter meiner Stirn hämmert der Kopfschmerz. An der Hand halte ich meinen sechsjährigen Sohn Jonas. Lustlos trottet er hinter mir. Die Stadt ist brechend voll, ein Gewusel und Geschiebe in der Fußgängerzone. Jeder hetzt und rennt, schiebt und drängelt.

Ich muss die letzten Einkäufe für das Weihnachtsfest erledigen, all die Kleinigkeiten für die vielen lieben Menschen, die übers Jahr etwas für uns getan haben. Der Mechatroniker, der noch nach Werkstadtschluss nach unserem Auto gesehen hat. Die Postbotin, die geduldig gewartet hat, bis ich den Brief beschriftet hatte, den ich ihr mitgeben wollte. Die reizende Apothekerin, die mir das dringend benötigte Medikament aushändigt, obwohl ich das Rezept auf dem Tisch daheim habe liegen lassen. Lauter Dinge, die den Alltag erleichtern und für die ich mich zu Weihnachten bedanken möchte.

Der Schmerz in meinem Kopf wächst sich zu kleinen Explosionen aus, die in Nadelstichen hinter meinen Augäpfeln gipfeln. Ich beginne, in meinem dicken Wintermantel, Schal und Mütze zu schwitzen. Jonas quengelt.

»Mama, ich habe Hunger!«

»Wir essen gleich etwas«, antworte ich.

»Ich habe aber jetzt Hunger, ganz doll!«

»Dort, neben dem Kaufhauseingang, ist ein Brezelstand. Ich hole dir eine Brezel.«

»Aber mit Butter, Mama.«

»Meinetwegen auch mit Butter.«

In der Menge bewegen wir uns Richtung Kaufhaus. *»Jingle Bells«* schallt uns entgegen. Mit Rempeln und Schieben gelingt es mir, nach links zum Brezelstand abzubiegen.

»Du bleibst hier stehen und wartest, bis ich zurück bin. Rühr dich nicht von der Stelle!«, ermahne ich meinen Sohn. Jonas nickt eifrig.

Vor dem Brezelstand ist glücklicherweise nur eine kleine Schlange. Fünf Minuten später halte ich eine Butterbrezel in der Hand und sehe mich nach Jonas um. Er steht nicht mehr am Kaufhauseingang. Mein Herzschlag beschleunigt sich. Hektisch sehe ich mich in alle Richtungen um, kann aber keinen Jonas entdecken. Ich drängle mich in das Kaufhaus hinein, versuche, in der Masse einen sechsjährigen Knirps zu erspähen. Meine Handflächen werden feucht. Nirgendwo ist Jonas zu sehen. Ich verlasse das Kaufhaus wieder, trete auf die Straße und suche die Häuserfront ab. Unentwegt schieben sich Menschen in beiden Richtungen an den Schaufenstern vorbei. Wie soll ich mein Kind in diesem Gewusel wiederfinden?

In dem Moment reißt der Menschenstrom für einen kurzen Augenblick ab und gibt den Blick auf ein Schaufenster frei. Ich sehe einen Mann auf dem Boden sitzen. Er spielt Querflöte. Mein Sohn steht mit verträumtem Blick vor ihm und lauscht. In dem schrägen Konzert aus Weihnachtsliedern, die aus den Geschäften schallen, und den Stimmen der Menschen von überall herum, erkenne ich die Melodie, die der Mann auf seiner Flöte spielt. *»Ihr Kinderlein kommet«* erklingt in hellen, klaren Tönen. Ich schmunzle und rufe »Jonas!«, aber mein Sohn ist so versunken, dass er mich nicht hört. Ich stelle mich hinter ihn und umfasse seine Schultern. Jetzt bemerke ich, dass der Mann sehr schlecht gekleidet ist. Seine Hose ist abgewetzt und speckig, sein Pullover dreckig und löchrig. Sein zu langes Haar fällt strähnig auf seine Schultern. Ein strenger, unangenehmer Geruch steigt mir in die Nase. Ekel überkommt mich. Ich drehe Jonas unsanft zu mir um.

»Komm mit, Jonas, wir müssen gehen.«

»Aber der Mann macht so schöne Musik, Mama.«

Ich drücke meinem Sohn die Brezel in die Hand. Jonas sieht mich an, zögert einen Moment, bückt sich und legt dem Mann die Brezel in den Schoß. Ohne sein Spiel zu unterbrechen, nickt er Jonas zu. Ich zerre Jonas weg.

»Wir müssen jetzt wirklich in das Kaufhaus, Jonas.«

»Können wir danach nochmal zu dem Mann und ihm zuhören? Und wenn du noch Geld übrig hast, können wir es dann in seinen Hut legen?«

»Ja, später dann«, antworte ich.

Im Kaufhaus finden wir die kleinen Geschenke, die wir gesucht haben. Endlose Schlangen an den Kassen machen den Einkauf zu einer Geduldsprobe. Nach einer gefühlten Ewigkeit gehe ich mit Jonas verschwitzt und entnervt aus dem Kaufhaus.

»Mama, du hast versprochen, dass wir nochmal zu dem Mann gehen, der die schöne Musik macht.«

»Versprochen habe ich gar nichts.« Ich hatte den Musikanten längst vergessen.

»Bitte, Mama. Du hast doch bestimmt noch ein bisschen Geld!«

»Also gut, Jonas, aber nur kurz.«

Jonas macht vor Freude einen Hüpfer und zieht mich hinter sich her. Der Platz, an dem der Mann gesessen hat, ist verlassen. Nur der Hut steht noch dort, auf den wenigen Münzen darin liegt ein Zettel. Jonas hebt ihn auf und hält ihn mir hin.

»Was steht da, Mama?«

Ich lese vor:

»Wahrlich, ich sage euch: Was ihr getan habt einem unter diesen meinen geringsten Brüdern, das habt ihr mir getan.«

Die Weihnachtskatze

Wäre ich doch nur in der warmen Bude der Maroni-Bräterin geblieben! Die gute Alte hatte mich vor drei Wochen aufgenommen, als ich halb tot auf dem Weihnachtsmarkt herumirrte. Ich war der Kleinste meines Wurfes, niemand wollte mich kaufen, und so hatte mich der geldgierige Züchter einfach ausgesetzt. Wenn die Maroni-Bräterin mich nicht auf ihrem Weg zu ihrer Bude entdeckt hätte, die nächste Nacht wäre gewiss meine letzte gewesen. Sie hat mich eingesammelt und mir ein Zuhause gegeben. Wäre ich doch nur dort geblieben!

Aber nein, ich musste ja der verhungerten Maus hinterher, quer über den Weihnachtsmarkt, bis zu Igor, dem grimmigen Christbaum-Verkäufer mit der Pelzmütze mit den albernen Schlappohren. Dort, unter Tannen, hat sie sich dann verkrochen, die jämmerliche quiekende Mahlzeit, und gerade, als ich sie fast gehabt hätte, ist es passiert. Igor schnappt sich das Bäumchen, unter dem ich kauere. Wenn der mich entdeckt, setzt es einen kräftigen Fußtritt, denke ich noch, und kralle mich in letzter Sekunde zwischen den Ästen hindurch am Stamm fest. Schon hebt Igor die Tanne in die Höhe. Er präsentiert sie einem jungen Pärchen, dreht sie einmal um die eigene Achse und stopft sie dann mit dem Stamm voran in eine große Röhre. Die Äste um mich herum werden zusammengedrückt, die Nadeln pieken höllisch, und in Nullkommanichts stecke ich samt Weihnachtsbaum wie ein oller Fisch in einem Netz. Das junge Paar nimmt sein verschnürtes Überraschungspaket entgegen und marschiert schnurstracks zu seinem Auto. Meine stachelige Behausung und ich werden in den Kofferraum bugsiert, die Kofferraumklappe wird wegen Platzmangels offengelassen, und meine Reise beginnt.

Ich friere erbärmlich, versuche, am Stamm entlang weiter zu kriechen, um wenigstens ins Innere des Kofferraums zu gelangen, doch es ist viel zu eng. Also ergebe ich mich zitternd in mein stacheliges Schicksal. Ich döse gerade weg, erschöpft von der Jagd, dem Schreck und der Kälte, da rutsche ich samt meiner Nadelwurst nach vorn. Das Auto hat gestoppt.

Die Eigentümer der weihnachtlichen Netz-Baum-Katzen-Matroschka steigen aus und kommen an den Kofferraum. Der junge Mann hat einen heftigen Niesanfall, die Frau sieht ihn ärgerlich an.

»Rob, du wirst doch nicht gerade jetzt eine Erkältung bekommen?«

Rob kann nicht antworten, er niest schon wieder. Sie zerren uns aus dem Auto, klemmen sich uns unter die Arme, sie vorn, er hinten, und die Reise geht weiter. Rob niest. Nach wenigen Minuten wird es deutlich wärmer. Ich höre, wie eine Tür aufgeschlossen wird, dann werden wir abgestellt. Rob niest. Ich klammere mich mit den Vorderpfoten an den Stamm, mit meinem Hinterteil sitze ich auf einem schwankenden Ast, fast wie auf einer nadelgespickten Hängematte. Ich verhalte mich muckskätzchenstill. Rob niest.

»Verflixt, Rob, jetzt hör doch endlich auf mit dieser Nieserei! Deine Nase ist schon feuerrot und du heulst wie ein Mädchen«, meckert die junge Frau. »Hol lieber den Christbaumständer aus der Schachtel, und bring eine Schere mit, dann schneiden wir das Netz auf.«

»Ich glaube, ich bin allergisch auf Weihnachtsbäume«, schnieft Rob.

»Kein Mensch ist allergisch auf Tannen. Du bist allergisch auf Tierhaare, Rob. Stell dich nicht so an, hat der Baum etwa Haare? Hol endlich eine Schere.«

Rob schnieft und prustet.

»Tess, bitte schaff den Baum raus!«

»Wir hatten im letzten Jahr auch einen Weihnachtsbaum«, protestiert Tess.

»Ja, aus Plastik! Bring endlich die verflixte Tanne weg!«

»Hypochonder!«, schnaubt Tess, und wir, meine Tanne und ich, werden angehoben und fortgetragen. Hoffentlich gehts jetzt nicht wieder in die Kälte, denke ich, als wir wieder abgestellt werden. Ich höre, wie Tess eine Türklingel betätigt. Dann höre ich langsam schlurfende Schritte näherkommen. Die Tür wird geöffnet. Ich versuche, durch die Äste und das Netz zu spähen, und sehe eine alte Dame mit ordentlich gelegten weißen Löckchen.

»Frau Nachbarin, ich habe einen Weihnachtsbaum für Sie. Wir können ihn nicht brauchen.«

»Ähm. Das ist ganz reizend von Ihnen, aber ich stelle kein Christbäumchen mehr, seitdem mein lieber Mann gestorben ist. Seit über zehn Jahren nicht mehr, und ich habe auch gar keinen Baumständer mehr«, antwortet die alte Dame.

Tess hat ihr den Baum schon in den Arm gedrückt.

»Dann lehnen Sie ihn einfach an eine Wand«, ruft sie im Gehen.

»Na so was«, murmelt die Dame dicht neben mir, und zieht die Weihnachtsgabe mühsam in ihre Wohnung.

»Dann will ich dich mal auspacken.«

Die alte Dame beginnt, mit einer großen Schere das Netz aufzuschneiden. Die Äste unterhalb von mir sind schon befreit, gleich ist meine Sitzgelegenheit dran. Ich klammere mich an den rauen Stamm, doch der gebogene Ast springt mit der Kraft einer gespannten Feder in die Horizontale, ich kann mich nicht halten – und fliege im hohen Bogen direkt in die ordentlich gelegten Silberlöckchen. Die alte Dame stößt einen spitzen Schrei aus, greift sich an den Kopf und hält MICH in ihren Händen. So festgehalten, wage ich es, ein zaghaftes »Miau« von mir zu geben.

»Na so was«, ruft die alte Dame, und hebt mich aus meinem Silberlockennest. »Eine Weihnachtskatze!«

Ein Weihnachtstraum

Hektik und Lärm der Stadt liegen hinter mir, ich fahre das schmale Sträßchen durch den Wald. Wenn ich die letzte Kurve passiert habe, den Wald hinter mir lasse, dann liegt er vor mir, still und postkartenkitschig verschneit, die Häuser weihnachtlich beleuchtet und liebevoll geschmückt: der Ort, an dem ich zu Hause bin.

Ich betrete mein Haus, das vom Kachelofen heimelig beheizt ist, und fühle mich sofort geborgen. Die Ruhe genießen, kein Radio aufdrehen, kein Fernsehgerät einschalten, den Laptop zugeklappt lassen, offline bleiben. Keine Nachrichten von Terroranschlägen, keine Bilder von Kriegsgebieten, keine Mails mit Bitten um Spenden für Menschen, die hungern. Nichts hören und sehen, nichts von Naturkatastrophen, verschuldeten oder unverschuldeten, von Bombenattentaten und Flugzeugabstürzen. Nur still sein, bei mir sein, in mir sein.

Darf ich das? Kann ich es mir erlauben, vor allem jetzt, in der Zeit vor Weihnachten, den Blick abzuwenden?

Beim Händewaschen sehe ich in den Spiegel. »Feigling«, sage ich zu meinem Spiegelbild, trockne mir die Hände und gehe den Fernseher einschalten.

»Terroranschläge in Europa 2016«, berichtet der Nachrichtensprecher. Eine Liste erscheint auf dem Bildschirm. *»Deutschland: Ansbach, München, Würzburg, Essen, Hannover; Europa: Nizza 14. Juli, Saint-Etienne-du-Rouvray 26. Juli; Istanbul 28. Juni; Brüssel: 22. März.«*

Schnitt, Themenwechsel.

Ich sehe Ströme von völlig erschöpften Menschen, kleine Kinder auf den Armen, die durch Absperrungen geschleust werden, Beamte und Soldaten mit Mundschutz und Handschuhen, die Papiere aushändigen, reden, gestikulieren. Dann Bilder von Menschen, die zusammengepfercht in einem Schlauchboot auf dem Meer treiben.

Schnitt.

Ein Bild von einem Kind, ein oder zwei Jahre alt, das an einem Strand liegt, tot.

Schnitt. Ich höre ein Interview mit einem der Menschen, die in einer Schlange stehen. Ein Familienvater aus Syrien, er ist mit seinen drei Kindern und seiner Frau vor dem Krieg geflohen und freut sich auf ein Leben in Österreich, oder besser noch Deutschland.

Themenwechsel.

Eine Horde junger Leute, die Männer mit Glatzen, in Springerstiefeln mit Stahlkappen und Bomberjacken, marschieren durch eine Straße. Eine zweite Gruppe Menschen läuft ihnen entgegen. Der Nachrichtensprecher erzählt etwas von rechtsradikalen Gruppen und einer Gegendemonstration, die wegen Gewalttaten aufgelöst wurde.

Ich greife zur Fernbedienung und schalte das Fernsehgerät aus. Ich habe genug gesehen und hole mir ein Buch aus dem Regal. Schon nach der ersten Seite werden meine Lider schwer.

Ich nicke ein, und träume.

***

Eine tiefverschneite Landschaft. Eingebettet zwischen sanften Hügeln liegt ein weihnachtlich beleuchtetes Dörfchen. Alles ist friedlich, kein Laut ist zu hören. Ich stehe bis zu den Knien im Tiefschnee. Wenige Meter von mir entfernt zieht eine endlose Schlange schweigender Menschen vorbei. Die Frauen unter ihnen tragen zum Teil Kopftücher, einige Männer lange Bärte. Sie haben die Köpfe gesenkt, sehen mich nicht an.

Ich rufe: »Wer seid ihr? Wo wollt ihr hin?«

Die Kolonne zieht weiter, keiner sieht mich an, niemand antwortet. Ich fühle mich auf eine unbestimmte Art bedroht, will weg von diesen Fremden, doch ich kann mich nicht bewegen.

Jetzt schreie ich: »Wer seid ihr? Was wollt ihr?«

Endlich bleibt ein Mann stehen. Sieht mir in Augen und sagt: »Ich bin ein türkischer Bischof, mein Todestag ist der 6. Dezember.« Der Mann geht weiter.

Ein zweiter Mann bleibt vor mir stehen, sieht mich an und spricht: »Ich bin ein aramäischer Wanderprediger, mein Geburtstag wird am 24. Dezember gefeiert.« Auch er geht ohne ein weiteres Wort.

Eine Gruppe Männer wendet sich mir zu. »Wir sind jüdische Hirten. Du denkst an uns am 25. Dezember.«

Ihnen folgen drei Männer, die ihren Schritt verlangsamen und zu mir sprechen: »Wir sind Sterndeuter aus Persien und Arabien. Unser Tag ist der 6. Januar.«

Ungläubig sehe ich den Fremden hinterher. Da bemerke ich, dass die Schlange zum Stillstand gekommen ist. Ich versuche, den Anfang der Kolonne auszumachen, da entdecke ich, dass ihnen eine andere Menschengruppe entgegenkommt. Sie sind kahlköpfig, tragen Baseballschläger und Transparente mit der Aufschrift »Deutschland den Deutschen«.

Ich versuche zu schreien: »Nein, haltet an, das sind …« – ich bringe keinen Ton heraus.

***

Schweißgebadet wache ich auf, sehe mich um, und stelle erleichtert fest, dass ich auf meinem Sofa liege, das Buch auf der Brust. Ich lege es zur Seite, gehe ans Fenster und schaue in die verschneite Landschaft. Mir ist, als würden sich dort Lichter bewegen …

Ein zuckersüßes Bild für Oma Tilda

Geiz ist geil«, liest Mo auf dem Werbeplakat vor dem Elektronikmarkt. Muss wohl auch das Motto meiner Alten sein, denkt sie, und kramt zum zehnten Mal in der letzten Viertelstunde in den sieben Taschen ihrer Baggyjeans.

Sieben Euro und 50 Cent, zählt Mo in ihrer Handfläche, das reicht nicht für die neue DVD.

»Edward«, flüstert Mo verträumt. Ich muss den neuen Film haben, denkt sie, und ich will nicht vier Wochen bis Weihnachten warten, das halte ich nicht aus. Soll ich vielleicht doch meine Schwester anpumpen? Vielleicht leiht sie mir Geld, ohne dass sie wissen will, wofür, überlegt Mo. Aber das ist ziemlich unwahrscheinlich, krankhaft neugierig, wie Clara ist, wird sie mir Löcher in den Bauch fragen, und wenn ich ihr dann erzähle, dass ich Edward toll finde und der Fortsetzung der Lovestory mit Bella entgegenfiebere, dann wird sie mich bis in alle Ewigkeit damit aufziehen. Clara würde es auf dem Schulhof herumerzählen, und alle würden rufen: »Mo liebt Edward!«, wie peinlich!

Mo ist so in ihre Überlegungen vertieft, dass sie die mittlerweile genervten Rufe ihrer Eltern von der anderen Straßenseite zunächst gar nicht hört.

»Mo, was treibst du denn da? Jetzt komm doch endlich, der Weihnachtsmarkt schließt bald, und wir wollen doch noch das Foto für Oma Tilda machen lassen!«, ruft ihre Mutter, während sie die Straße überquert.

Oma Tilda, schießt es Mo durch den Kopf, das wäre doch die Lösung, ich frage Oma nach dem Geld. Ach nein, verwirft Mo die Idee sofort wieder, sie wird mich auf Weihnachten vertrösten. *Du kannst im Leben nicht immer alles gleich und sofort haben*, wird sie sagen.

»Mo, also wirklich, was tust denn hier? Komm jetzt endlich!«

Die leicht hysterische Stimme der Mutter dringt jetzt zu Mo vor.

»Nichts, Mama«, antwortet Mo.

»Hättest du dir für das Foto nicht mal etwas netteres anziehen können?«, fährt Mos Mutter fort.

Mo schaut erstaunt an sich herunter. Ihre Lieblingsjeans schlabbert auf Hüfthöhe an ihrem flachen Po herum, die überlangen weiten Hosenbeine lassen nur die Spitzen ihrer abgewetzten Leder-Sneakers hervorschauen.

»Und in dieser Jacke siehst du aus wie ein Eskimo auf Walfang«, führt ihre Mutter die Vorwürfe fort.

»Man sagt Inuit«, entgegnet Mo trotzig, und zieht den olivgrünen Daunenanorak enger um ihren Oberkörper. Mo versteckt ihr Kinn in dem mehrfach um ihren Hals geschlungenen weißen Wollschal und schweigt.

Die Mutter lächelt, hebt die Hand, zieht Mo die Strickmütze ab und fährt ihr durch die dunkelbraunen Locken, die in wildem Durcheinander bis auf ihre Schultern reichen.

»Na ja, wenigstens die Haare können wir dir ja noch kämmen«, sagt sie, und wühlt in ihrer Handtasche nach einer Bürste. Mo weicht zurück.

»Nein, das ziept«, protestiert sie, reißt ihrer Mutter die Mütze aus der Hand und läuft Richtung Weihnachtsmarkt.

Ein Foto mit dem Weihnachtsmann, denkt Mo, und schüttelt dabei unwillkürlich den Kopf, ich bin doch kein Kleinkind mehr!

»Oma wird sich bestimmt sehr freuen«, unterbricht ihre Mutter ihren Gedankengang.

»Weiß nicht«, antwortet Mo.

»Aber natürlich, das wird ganz entzückend, du auf dem Schoß vom Weihnachtsmann«, redet die Mutter begeistert weiter.

»Das ist was für Kindergartengartenkinder, und ich werde bald 13!«, nörgelt die Tochter.

»Ich finde die Idee sehr schön«, wischt die Mutter Mos Bedenken beiseite.

Du und Papa, ihr meint ja auch immer noch, ich wäre klein und niedlich, denkt Mo. Wahrscheinlich wäre euch das lieber. Clara macht bald Abitur und will dann ausziehen, dann habt ihr nur noch mich, um eure Erziehungswut auszulassen, überlegt sie weiter, sagt aber nichts und trottet mit gesenktem Kopf auf die beleuchtete Bude zu. *»Der Weihnachtsmann«* steht in großen Lettern auf dem Schild über dem Eingang.

»Als ob ich noch an den Weihnachtsmann glauben würde«, brummelt Mo vor sich hin. »Überhaupt, dieser ganze Weihnachtsrummel geht mir tierisch auf den Geist!«, sagt sie etwas lauter, aber ihre Mutter hat sie nicht gehört.

Eine kleine Schlange wartender Eltern mit Kindern an der Hand oder auf dem Arm hat sich vor der Tür gebildet. Mo will an dem Eingang vorbeischlendern, als ihre Mutter sie am Ärmel ihrer Jacke festhält.

»Halt, wo willst du denn hin? Hier ist es«, strahlt sie Mo an, und stellt sich mit ihr in die Schlange.

Nach einer geraumen Wartezeit steht Mo vor einem dicken Mann mit weißem Bart und rotem Anzug mit weißem Pelzbesatz. Er sitzt auf einem thronartigen Stuhl und lächelt Mo freundlich an.

Man, sieht der echt aus, schießt es Mo durch den Kopf.

Ohne weiter nachzudenken, klettert sie auf den Schoß des Mannes. Gegenüber ist eine Kamera aufgebaut, hinter der ein Fotograf in einem Weihnachtselfenkostüm steht.

»So ist es schön. Schau den Weihnachtsmann an, und bitte lächeln«, ruft er Mo zu.

Mo befolgt seine Anweisung und sofort trifft sie ein greller Blitz. Sie schließt kurz die Augen. Als sie sie wieder öffnet, reißt sie ungläubig die Augen auf.

»Wo bin ich?«, flüstert Mo verwundert. Sie sitzt mitten auf einem Dorfplatz, alles ist tief verschneit, und um sie herum wuseln unzählige kleine Gestalten in geschäftiger Eile herum, niemand scheint sie bemerkt zu haben.

»Hallo?«, spricht Mo ein vorbeieilendes Mädchen an, sie hat lange Zöpfe, unter denen merkwürdig spitze Ohren hervorschauen. Das Mädchen scheint sie gar nicht zu bemerken. Mo spürt, wie Nässe langsam durch den Jeansstoff ihrer Hose dringt. Sie will aufstehen, rutscht auf dem eisglatten Dorfplatz aus und landet unsanft wieder auf ihrem Hinterteil. Hilfesuchend sieht sie sich um.

»Hallo, du da! Kannst du mir mal helfen? Ich friere hier fest!«, ruft sie einer weiteren heranhuschenden Gestalt zu. Wieder erhält Mo keine Reaktion.

»Sind die hier alle taub?«, richtet sie sich nun an einen Jungen, der ganz nah hinter ihr vorbeigeht, ein kleiner Kerl mit hellblonden Haaren, die zu einem Igel hoch gestylt sind, das spitze Ende seiner Ohren ist mit drei Ringen geschmückt, am Körper schlabbert ein riesiges schwarzes Shirt.

»Wo bin ich?«, stottert Mo.

»Da musst du den Oberboss fragen. Das große Haus an der Stirnseite des Dorfplatzes!«, antwortet der kleine Kerl.

»Ok, dann gehe ich mal«, sagt Mo.

Sie betrachtet sein T-Shirt. Auf Vorder- und Rückseite ist jeweils ein Bild von Santa Claus, darunter liest Mo: *»I hate milk and cookies!«*

»Santa hasst Milch und Kekse?», entfährt es ihr laut.

»Ja«, lautet die knappe Antwort.

»Aber, aber …«, stottert Mo verblüfft, »… warum hasst er Milch und Kekse?«

»Mensch, du nervst, er hat eine Laktose-Intoleranz und Diabetes, aber das weiß doch wirklich jedes Kind. Viel Erfolg noch«, verabschiedet sich der blonde Junge.

Mo geht zu dem großen Haus. Neben der Haustür hängt ein Messingschild, Mo liest die Aufschrift *»Eintritt verboten für JEDEN, der Wünsche an mich hat!«*

Mo zieht verwundert die Augenbrauen hoch und zögert einen Moment, bevor sie den Türklopfer betätigt. Eine Weile bleibt alles still im Inneren des Hauses, dann hört Mo ein unwilliges Brummeln. Die Tür wird geöffnet, und ein alter Mann mit langem weißem Bart, der zu zahllosen Zöpfchen geflochten ist, steht Mo gegenüber. Er trägt ein weißes Shirt, darüber breite Hosenträger, die mit

Weihnachtsfrauen im Pin-Up-Stil bedruckt sind. Seine rote Hose ist bis zu den Knien hochgekrempelt.

»Wer stört?«, schnauzt der Mann sie unfreundlich an. »Ich habe gerade ein Fußbad genommen, das ewige Stiefel tragen macht mir Hühneraugen«, erklärt er mit einem Blick auf seine nackten Füße.

»Mir ist kalt, ich habe Hunger und möchte wissen, wie ich hier weg und wieder nach Hause komme«, erklärt Mo, ohne auf den alten Mann einzugehen.

»Kalt ist ok, Hunger ist ok, der Rest – siehe Schild«, antwortet er, und deutet auf das Messingschild.

»Bitte?«, fragt Mo nach.

»Ist doch klar, du sagtest, *ich möchte* … also ein Wunsch. Tschüss!«

Der Mann will die Tür zuwerfen.

Mo schiebt rasch ihren Fuß dazwischen und fragt bettelnd: »Ach bitte, können Sie nicht mal eine Ausnahme machen?«

»Ausnahme, Ausnahme, ständig will jemand was von mir. Am schlimmsten sind die kleinen, dicken Kinder mit ihren Rotznasen, die sich einen kleinen Hund wünschen, der dann in die Wohnung pinkelt und vor der nächsten Urlaubsreise an der Autobahnraststätte ausgesetzt wird. Widerlich, ekelhaft! Nichts mehr, keine Wünsche, keinen einzigen!«, ereifert sich der alte Mann, dreht sich um und will zurück ins Haus gehen.

Mo muss lachen, als sie die Aufschrift auf der Rückseite des Shirts liest. *»Und wer schenkt mir was?«,* steht dort in großen Lettern.

»Ich!«, ruft sie dem alten Mann rasch hinterher.

Er bleibt stehen, dreht sich wieder um und sieht Mo erwartungsvoll an. Mo kramt in ihrer Hosentasche und präsentiert ihm mit ausgestreckter Hand eine Packung Kaugummi.

»Zuckerfrei«, sagt Mo grinsend.

Da tritt solch ein Strahlen in das Gesicht des alten Mannes, dass Mo glaubt, der ganze Raum um sie herum würde heller leuchten. Der alte Mann nimmt das Geschenk und lächelt so breit, dass sein brilliantverzierter Goldschneidezahn blitzt und blinkt. Alles strahlt und blendet Mo. Sie schließt für einen Moment die Augen.

Jetzt frage ich ihn nochmal nach dem Weg, er scheint ja nun besser drauf zu sein, überlegt sie kurz, bevor sie die Augen wieder öffnet.

Mo glaubt nicht, was sie jetzt sieht. Sie sitzt auf dem Schoß des Weihnachtsmanns, ihr gegenüber steht der Fotoapparat auf dem Stativ, mitten in der Hütte auf dem Weihnachtsmarkt.

»Aber wie …«, stottert Mo.

Der Weihnachtsmann zwinkert ihr zu.

»Du hast geschwindelt, die Kaugummis sind nicht zuckerfrei!«, flüstert er.

Mo zuckt zusammen und rutscht schnell vom Schoß des Weihnachtsmannes.

»Na, war das jetzt so schlimm?«, fragt Mos Mutter und lächelt.

Mo schüttelt stumm den Kopf.

Ein Weihnachtsversprechen

Ich würde gern

Ich sollte mal

Ich müsste doch

Ich würde auch

Gleich morgen schon

Im nächsten Jahr

Vielleicht ein bisschen später

Doch dann bestimmt

Versprech ich Dir

Mehr Zeit für Dich

Zusammensparen.

Jack und Gretel

Jack öffnete langsam die Augen, schaute an die sonnengelb gestrichene Decke, die ihn an zerflossenes Eigelb erinnerte und atmete tief und hörbar aus.

»Ja, Jack, das war doch schon recht gut für den Anfang«, sagte Dr. Posasky, und nickte wohlwollend.

Jack erhob sich von der weißen Ledercouch, schüttelte die ihm entgegengestreckte Hand und murmelte: »Ja, sicher, Dr. *Prozac*!«

»Dann bis nächste Woche, das wird schon!«, rief Dr. Posasky, den wenig schmeichelhaften Spitznamen wie üblich ignorierend, Jack hinterher, der bereits in der Tür stand.

Dieser Psychiater ist ein Quacksalber, dachte Jack, *für den Anfang*, von wegen! Seit fast zehn Jahren liege ich auf seiner Couch, und es hat sich nichts verändert. Noch immer habe ich jede Nacht Albträume, in denen ich in den lodernden Flammen eines Ofens stecke. Noch immer kann ich keinen Aufzug benutzen, ohne Platzangst zu bekommen, und von der Vorstellung, in einem stallartigen Verschlag gefangen zu sein, werde ich jede Nacht heimgesucht. Ich habe meinen gut bezahlten Job als Werbetexter bei *Barclay, James & Stupid* verloren, nur weil meine Chefin eine ältere Frau mit grauen Haaren war und ich jedes Mal, wenn sie mir begegnete, einen hysterischen Anfall bekam und in die geschlossene Abteilung des *Obamas-Granny-Memorial* eingeliefert werden musste. Dabei bin ich doch schon in das Mutterland des Jugendwahns ausgewandert, weil ich hoffte, hier möglichst wenig alten Weibern zu begegnen. Und Dr. *Prozac* sagt, das wird schon. Nichts wird!

Meine – medizinisch natürlich nicht erklärbare – Allergie auf jegliche Art von Brot wird mit jedem Anfall schlimmer. Die nächste Stufe wird ein anaphylaktischer Schock mit tödlichem Ende sein, sagen die Allergologen.

»Ich kann nicht mehr, und ich will nicht mehr«, rief Jack laut aus, und kramte in seiner Jackentasche nach seinem Mobiltelefon. Ich rufe jetzt meine Schwester an und mache dann Schluss. Es reicht.

Jack tippte eine Nummer ein und hielt sich das Handy an sein Ohr.

»*Seniorenresidenz zur endlosen Ruhe*, Doktor …«, meldete sich eine weibliche Stimme, die Jack sofort unterbrach.

»Hey, Gretel, ich bin es, Jack!«, sagte er.

»Ja, Hänsel, da freu isch misch aba, des du disch ma melst, mer habe schon lang net mehr geschbroche, gell habe mer net? Ach, is des schee dei Stimm zu here Hänsel! Wie gehts dir dann?«, plapperte Gretel drauf los.

»Nenn mich nicht *Hänsel*, ich heiße jetzt **Jack**, und sprich doch bitte Hochdeutsch mit mir, ich kann diesen Goethe-Slang nicht mehr ertragen!«, bat Jack seine Schwester. »Um auf deine Frage zu antworten: Mir geht es im Gegensatz zu dir nicht gut, ich wollte mich von dir verabschieden«, sprach Jack weiter.

Seine Schwester Gretel hatte ihre gemeinsamen Kindheitserlebnisse besser verdrängt als er selbst. Sie war in der Heimat geblieben, hatte Medizin studiert und sich auf Geriatrie spezialisiert, heute besaß und leitete sie ein privates, sehr exklusives Seniorenheim. Gretel arbeitete nach einem ebenso einfachen wie genialen System: Sie verkaufte die exklusiven Appartements an alte, vermögende Menschen – und sorgte dafür, dass die Bewohner rasch wieder auszogen. In einem ebenso exklusiven Sarg. So hatte seine Schwester binnen weniger Jahre ein Vermögen verdient und kompensierte die traumatischen Folgen ihrer Kindheitserlebnisse bestens.

Lediglich in der Weihnachtszeit hatte Gretel ein kleines Problem, sie reagierte absolut panisch auf den Anblick oder Geruch von Pfefferkuchen. Sie verfiel dann in eine regelechte Raserei und fiel schließlich in einen komaähnlichen Zustand, der oft wochenlang anhielt. Aber seine Schwester hatte auch für dieses Problem eine Lösung gefunden. Sie fuhr jedes Jahr von Ende Oktober bis Anfang

Januar auf eine entlegene Südsee-Insel – und Pfefferkuchen waren dort gänzlich unbekannt.

»Verabschieden? Hänsel! Willst verreise? Ah, wo gehts dann hie?«, fragte Gretel, ohne Jacks Bitte zu beachten.

»Verreisen? Ja, in gewissem Sinn schon, ich komme nur nicht zurück«, antwortete Jack.

»Ja, willst du auswandern, wo hie dann, zu de Kängerus oder wie, bist ja schon in Amerika«, meinte Gretel.

»Nein, Gretel, ich mach endgültig Schluss, ich kann nicht mehr, ich habe die Hoffnung, dass sich mein Zustand irgendwann bessert, aufgegeben. Ich werde zum Lunch gehen, erst zu Subways ein Sandwich essen, und dann noch einen Döner bei Yusuf, und wenn ich es noch schaffe, hole ich mir im *Deutsch In* noch einen Armen Ritter zum Dessert, das sollte reichen«, erklärte Jack. »Also, Gretel, Schwesterlein, leb wohl, vielleicht sehen wir uns in einem anderen Leben wieder, wer weiß?«

»Hänsel, ja, um Himmels Wille, des kannste doch net mache, was soll isch dann so allein uff der Welt rumdabbe, Hänsel, wart, isch komm mit dem nächste Fliescher zu dir un mir babble über die Sach, dann se mer weiter.« Gretels Worte überschlugen sich. »Bitte, Hänsel, mach ke so Sache!«

»Ok, Gretel, ich warte, bis du hier bist, und dann sprechen wir noch mal über alles. Ruf mich an, wann du landest, ok?«, kapitulierte Jack und beendete das Telefonat.

Der mintgrüne Ärztekittel flatterte hinter Gretel her, als sie durch die Flure des Seniorenheims zu ihrem Penthouse rannte. Sie wählte noch im Laufen die Nummer des Frankfurter Flughafens.

Den ganzen Flug über dachte Gretel angestrengt darüber nach, wie sie ihrem Bruder helfen könnte. Als sie sich in der Ankunftshalle des Flughafens gegenüberstanden, hatte Gretel einen Entschluss gefasst: »Hänsel, du kommst ma erst mit mir in die Südsee!«, begrüßte sie ihren Bruder.

»Und was soll das bringen?«, fragte Jack.

»Ah, da sin en paar ganz interessante Leutsche, so Zaubermedizinmänner, die könne dir vielleischt helfe, man wases ja als net, probiers halt mal. Bitte, Hänsel, un wenn dus nur für misch machst!«, bettelte Gretel mit feuchten Augen.

»Also … ok«, gab Jack sich geschlagen, »aber nur unter einer Bedingung!«

»Ach, Hänsel, isch mach doch alles, was de willst. Was solls denn sein?«, fragte Gretel eifrig.

»Meinetwegen nenn mich weiter Hänsel, aber lass diesen Dialekt, er macht mich rasend!«, forderte Jack.

»Ah, wenns weider nix is, des mach isch doch gern, gell, Hänsel? Also, isch buch den Fliescher un los gehts!«, verkündete Gretel begeistert.

»Oh, Gretel …«, stöhnte Jack, und ließ sich von seiner Schwester zum Auto ziehen.

Zwei Tage später kamen Gretel und Jack nach langem Flug und einer kleinen Schiffsreise auf der winzigen Südseeinsel an. Gretel schien die halbe Inselbevölkerung zu kennen. Jack konnte nur staunen.

»Na ja«, sagte Gretel lachend, »immerhin verbringe ich hier schon seit einigen Jahren mehrere Monate im Jahr hier, da lernt man schon ein paar Leutchen kennen.«

Jack stellte erleichtert fest, dass seine Schwester nun endlich seinem Wunsch nachkam und Hochdeutsch sprach.

»Und wo finden wir deinen Medizinmann nun?«, fragte Jack.

»Ich muss uns erst einen Übersetzer suchen«, erklärte Gretel, »den finden wir aber sicher im Strand-Café!«, fügte sie hinzu, und schritt fröhlich voran.

»Strand-Café?«, fragte Jack mit hochgezogenen Augenbrauen, als sie an einem wackeligen, alten Holztisch mit zwei ebenso wackeligen Stühlen vor einer strohgedeckten, kleinen Hütte ankamen.

»Wirst schon sehen!«, sagte Gretel.

»Kameha!«, rief Gretel, und sofort streckte ein junger Mann seinen Kopf aus der Hütte. Er strahlte Gretel aus seinen dunklen Augen an und kam dann aus der Hütte, um sie zu begrüßen.

»Das ist mein Bruder Hänsel!«, sagte Gretel, und schob ihren Bruder ein Stück auf Kameha zu. »Wir brauchen deine Hilfe, Kameha«, sagte Gretel, und sie erklärte dem jungen Mann ihr Anliegen. Kameha hörte aufmerksam zu und nickte mehrmals, ohne Gretel zu unterbrechen.

»Und? Was meinst du, Kameha, kennst du jemanden, der Hänsel helfen könnte?«

»Ich denke schon. Die alte Pualani beherrscht da den richtigen Zauber, wir müssten allerdings ein ganzes Stück in den Wald hinein, und es gibt nur einen Fußweg«, gab Kameha zu bedenken.

Gretel bemerkte, wie sich Hänsel versteifte und die ersten Schweißperlen auf seine Stirn traten, sie griff nach seiner Hand und drückte sie fest.

»Das macht gar nichts, wir gehen gern ein Stück zu Fuß nach der langen Reise«, versicherte sie dem jungen Mann.

»Dann wollen wir gleich starten!«, sagte Kameha, warf aber einen zweifelnden Blick auf Jack.

Jack nickte stumm.

Gretel plauderte fröhlich, um ihren Bruder abzulenken.

»Erzähl uns von dieser Pualani!«, bat sie Kameha.

»Pualani ist schon uralt, keiner weiß, wie alt. Sie lebt ganz allein im Wald, keiner weiß, wie und von was. Irgendwie gab es sie schon immer.«

Jack begann heftig zu zittern bei dem Gedanken an eine uralte Frau, tief im Wald. Gretel drückte seine Hand fester.

»Pualani bedeutet *himmlische Blume*, erklärte Kameha, der bemüht war, das unangenehme Schweigen, das seit einigen Minuten herrschte, zu unterbrechen.

»Wir sind da!», sagte er gleich darauf, schlug mit seinem langen Messer eine Pflanze ab und deutete auf die vor ihnen liegende kleine Lichtung.

»Boah ey, das ist ja wie auf einem Kinoplakat von *Meuterei auf der Bounty*!«, entfuhr es Gretel.

Vor ihnen lag eine kleine runde Hütte mit einem Dach aus Palmwedeln, hinter der Hütte stürzte ein gewaltiger Wasserfall hinab, in einen kristallklaren tiefblauen See. Merkwürdiger Weise war es völlig still, nicht mal ein Plätschern war von den riesigen Wassermassen zu hören. Jack und Gretel sahen Kameha fragend an.

»In dieser Hütte lebt Pualani!«, erklärte der junge Mann nur.

»Aber …?«, setzte Gretel an.

»Lasst uns schauen, ob sie da ist!«, unterbrach Kameha Gretel und ging zur Hütte.

Gretel folgte ihm, während Jack sich nicht vom Fleck rührte.

»Hänsel! Komm!«, rief Gretel, aber Jack schüttelte den Kopf.

Er stand stumm und mit hängendem Kopf wie ein kleiner Junge da, dem die bösen Nachbarkinder den Ball weggenommen hatten. Gretel ging zu ihm zurück und nahm ihn wieder an die Hand.

»Komm, Hänsel, es wird dir nichts geschehen«, redete sie beruhigend auf ihren Bruder ein.

Wie ein herrenloser Hund ließ Jack sich mitnehmen. Kameha war in der Hütte verschwunden. Die Geschwister warteten Hand in Hand, was nun geschehen würde. Kameha trat aus der Hütte, unmittelbar hinter ihm erschien eine Frau mit tiefschwarzen Haaren, die Gretel an das Gefieder eines Rabenvogels erinnerten, und mit ebenmäßigen Gesichtszügen, die keinerlei Zeichen des Alters zeigten. Tatsächlich sah die Frau keinen Tag älter als zwanzig Jahre aus. Ihr Körper war schlank, ihre Brüste prall, ihre Augen klar und von solch bodenloser Schwärze, dass man sich in ihrem Blick verlor.

»Pualani?«, fragte Gretel.

Die Frau nickte.

»Aber ich dachte, Sie sind uralt!«, platze Gretel heraus.

»Sie versteht euch nicht!«, mischte sich Kameha ein. »Ich werde für euch übersetzen, erklärt nun, was ihr wollt!« Der junge Mann war plötzlich sehr ernst.

Gretel sah ihren Bruder an. Jack schwieg nur und starrte Pualani an.

»Mein Bruder hat ein Problem …«, begann Gretel schließlich, und erzählte dann die Geschichte, angefangen bei den Geschehnissen ihrer Kindheit, bis hin zu den Erkrankungen ihres Bruders und seines Todeswunschs.

Pualani sah Jack mit intensivem Blick an, dann sagte sie etwas mit weicher, tiefer Stimme, die Jack an das Schnurren einer zufriedenen Katze erinnerte.

Kameha richtete sich an Jack und sagte: »Pualani sagt, Jack soll sich setzen. Pualani wird ein Feuer entfachen, ein Feuer, das die Wahrheit spricht. Jack muss ihr vertrauen.«

Jack wich sämtliche Farbe aus dem Gesicht, der Schweiß lief in Rinnsalen seine Schläfen hinunter und sammelte sich in seinem Hemdkragen. Gretel drückte seine Hand. Nach kurzem Zögern setzte Jack sich auf den Boden, nahe der Feuerstelle. Pualani setzte sich auf die andere Seite der Feuerstelle und entfachte das Feuer. Dann sah sie ihn über die Flammen hinweg intensiv an, als versuche sie, in seine Seele zu schauen. Sie murmelte unablässlich unverständliche Worte vor sich hin, ohne den Blick von Jacks panisch geweiteten Augen abzuwenden. Jack spürte allmählich eine bleierne Müdigkeit, die sich wie ein Gewicht von seinem Kopf über die Schultern bis hinab in die Beine ausbreitete. Wenige Augenblicke später senkten sich seine Augenlider, und er schien vollkommen entspannt.

Pualani erhob sich, ging zu einem Regal im hinteren Bereich ihrer Hütte und kehrte mit einem Säckchen zurück. Sie kniete sich neben Jack auf den Boden und ergriff seine Hand. Ohne jeden Widerstand seinerseits öffnete sie Jacks Hand und leerte den Inhalt des Säckchens auf seine Handfläche. In einem gleichmäßigen, fast melodiösen Singsang redete sie auf Jack ein, schloss seine Finger und berührte sanft seine Schulter.

Jack öffnete die Augen und starrte mit leerem Blick in die Flammen. Pualani wandte sich an Kameha, der für Jack übersetzte.

»Du sollst deine Faust öffnen.«

Jack öffnete seine Hand und betrachtete irritiert ein Häuflein Brotkrumen. Wieder sprach Pualani zu Kameha, und dieser übersetzte: »Du sollst zurück. Du musst den Weg durch den Wald gehen, den Weg, den du damals gehen musstest. Du musst zurückgehen, und dabei sollst du die Brotkrumen verteilen, die Pualani dir gegeben hat, alle – bis auf einen. Diesen einen behältst du in deiner Hand. Du wirst an das Haus eurer Eltern gelangen, und du wirst sie dort antreffen. Du musst Vater und Mutter umarmen, und anschließend das letzte Stück Brot essen. Tust du es nicht, wird dich diese Last, die deine Seele schwarz färbt, niemals verlassen.«

Jack nickte, ergriff die Hand seiner Schwester und ging ohne jedes Zögern davon …

Heidemarie

Es gibt ein kleines Fleckchen auf unserer Erde, da lebten einst Menschen, die ganz besonders waren. Ihre Gedanken waren frei, ihr Horizont war weit, und sie selbst stets offen für Neues und Unbekanntes. Sie lebten zufrieden und glücklich, bis ein Unheil über sie kam …

***

Ein eiskaltes Lüftchen weht über die verblühte Heide, Blätter werden vom Wind durch die Lüfte gewirbelt, nur wenige hängen noch an den Bäumen. Heidemarie erwacht in dem behaglichen alten Fuchsbau, in dem sie ihr Winterquartier aufgeschlagen hat. In wärmeren Zeiten übernachtet sie am liebsten inmitten des alten Wacholderbaums, den die älteren Einheimischen noch »Machandelboom« nennen. Ein schönes Wort, findet Heidemarie, leider kennen es jüngere Menschen kaum noch, ebenso wenig wie das früher allseits bekannte Märchen vom Machandelboom.

Heidemarie reckt und streckt sich, krabbelt aus dem Fuchsbau, pflückt einen Tautropfen von einem Grashalm und wäscht sich damit ihr kleines Gesicht. Sie reckt und streckt sich nochmals, entfaltet schließlich ihre schimmernden transparenten Flügel und fliegt über das verwelkte Heidekraut. Sie grüßt alle freundlich, die ihr begegnen, die Zugvögel ebenso wie die vereinzelten Insekten, die trotz der Kälte noch unterwegs sind. Heidemarie summt ein Lied vor sich hin, sie liebt Lieder sehr. Es ist ein wunderschöner, wenn auch eisiger Tag, die Sonne scheint, der Wind weht sanft, der blaue Himmel strahlt. Heidemarie staunt immer wieder, wie tiefblau der Himmel an winterlichen Sonnentagen sein kann. Alles ist friedlich und still. Solche Tage liebt die Fee Heidemarie, sie ist allerbester Laune und möchte die Menschen an ihrem Glück teilhaben lassen. Heidemarie fliegt zurück zu ihrem Fuchsbau, um ihren Zauberstab zu holen. Nachdenklich tippt sie eine Weile mit dem Zauberstab gegen ihre Nasenspitze, dann hebt sie erneut ab, dreht einige Kapriolen, steigt höher in den Himmel und nimmt Kurs auf das nahegelegene Städtchen. Auf dem Marktplatz sieht sie viele Menschen, die hektisch umherlaufen, eilig Weihnachtseinkäufe erledigen oder mit gesenkten Köpfen, ohne nach rechts oder links zu schauen, den Marktplatz überqueren. Die kleine Fee lächelt, pustet auf ihren Zauberstab und unzählige Seifenblasen steigen auf. Heidemarie tanzt von Seifenblase zu Seifenblase, überfliegt den ganzen Marktplatz und zaubert dabei unablässig mehr und mehr Seifenblasen. In allen Regenbogenfarben schillernd, fliegen sie über die Köpfe der Bewohner. Die Frauen und Männer hinter den Marktständen sind die ersten, die die Seifenblasen entdecken. Staunend schauen sie nach oben. Mit Schneeflocken rechnete man ja im Winter, aber Seifenblasen?

Eilig versteckt sich Heidemarie. Sie beobachtet, wie die Menschen nach den Seifenblasen greifen und sie bei dem Versuch, sie zu fangen, lautlos zerplatzen lassen. Als sich schließlich alle Seifenblasen aufgelöst haben, liegt ein feiner, süßer Duft über dem Markplatz, mit einem Hauch von Vanille, Kardamom und Zimt. Die ganze Luft ist erfüllt davon. Immer mehr Menschen kommen auf den Marktplatz, angezogen von diesem betörenden Duft, der sie tatsächlich für einen Augenblick den ganzen vorweihnachtlichen Stress vergessen lässt. Sie setzen sich in immer größer werdenden Gruppen zusammen, sind in angeregte Gespräche vertieft und lachen miteinander. Es wird schon schummerig, der Himmel verfärbt sich rosarot, als die Bewohner des Städtchens in ihre Häuser zurückkehren, und allmählich wieder Ruhe auf dem Marktplatz einkehrt. Zufrieden kehrt die kleine Fee zurück zu ihrem Fuchsbau.

Am nächsten Morgen hat Heidemarie einen Plan geschmiedet: Die Menschen sollen die Adventszeit wieder genießen lernen, ohne all den Stress und die Hektik der modernen Zeit. Sie fliegt los, um einen Kreis aus Seifenblasen um alle Orte des Heidekreises zu pusten. Der Heidekreis ist eine große Region, also hat Heidemarie eine ganze

Menge zu tun. Mit einer Spirale aus Seifenblasen lässt die kleine Fee eine riesige Seifenblasenkuppel über dem Heidekreis entstehen. Als sie mit der letzten Seifenblase ganz oben in der Mitte die Kuppel schließt, jauchzt Heidemarie vor Freude. Die kleine Fee springt und tanzt auf dem Seifenblasenteppich, sodass die schillernden Blasen zerplatzen und eine herrliche Luft, prickelnd wie Champagner und duftend wie Weihnachtspunsch freigeben. Dieser ganz besondere Duft breitet sich aus und legt sich wie ein Schleier über die Gegend. Das Aroma der verschiedenen Gewürze vermischt mit der frischen Brise vor dem ersten Schneefall, und lässt die Bewohner schnuppernd die Nasen zum Himmel recken. Mit jedem Atemzug nehmen sie die zauberhafte Luft auf, und sie bewirkt Wundersames bei den Menschen. In jedem Ort tun sich die Bewohner zusammen, bereiten Glühwein und Punsch für die Kinder zu, feiern und reden miteinander, sie spielen und lachen, tanzen und singen. Heidemarie freut sich sehr über diesen Wandel. Unermüdlich dreht sie ihre Runden über dem Heidekreis, um die Seifenblasenkuppel immer wieder zu erneuern. Am nächsten Tag macht sie dies erneut, und auch am darauffolgenden.

Die Bewohner verändern sich von Tag zu Tag mehr. Jeden Tag trifft man sich auf Plätzen und in Häusern. Theatergruppen werden gegründet und üben das Krippenspiel für den Heiligabend ein, weihnachtliche Chöre finden sich, Instrumente werden hervorgeholt, Orchester proben zusammen. Handwerker werden Künstler, Hausfrauen werden Schauspielerinnen, Bäuerinnen dichten, Kinder basteln Bühnenbilder und wunderschöne Geschenke für ihre Eltern und Freunde.

Eine glückliche Zeit ist angebrochen im ganzen Heidekreis.

Die Einwohner tauschen sich aus, man schließt Freundschaften und knüpft Bande, die es zuvor nicht gab. Heidemarie überfliegt regelmäßig ihren geliebten Heidekreis, die Menschen aber haben solchen Gefallen an ihrem neuen Leben gefunden, dass die kleine Fee nur noch ab und an richtig große Seifenblasen verteilen muss. Heidemarie ist es gelungen, die hektische Anonymität zu vertreiben.

Wenigstens bis zum Weihnachtsfest möchte die Fee diese Stimmung aufrechterhalten, und danach, so überlegt sie, gibt es schließlich auch noch die anderen Jahreszeiten mit all ihren typischen Düften.

***

An einem nebeligen 6. Dezember startet Heidemarie fröstelnd zu ihrem Rundflug. Zu ihrem Erstaunen findet sie nur noch wenige Seifenblasen vor, und pustet eilig eine große Wolke Nachschub. Doch die schillernden Blasen wollen nicht zerplatzen. So sehr sie auch tanzt und sich anstrengt, die Seifenblasen gleiten unter ihren Füßchen weg und steigen hoch in den Himmel hinauf, ohne ihre magische Luft freizugeben. Traurig kehrt Heidemarie zurück zu ihrem Fuchsbau. Sie ist noch nicht gelandet, da hört sie schon ein garstiges Gelächter.

Diese haarsträubende Stimme ist ihr nur allzu bekannt. Sie gehört ihrer alten Widersacherin, der Hexe Alechte, die in der »Grundlosen Kuhle« haust, einem kleinen unscheinbaren Teich von, wie es der Name schon sagt, unergründlicher Tiefe.

»Na, Heidemarie, was schaust du denn so traurig?«, fragt Alechte scheinheilig.

»Das weißt du doch ganz genau, du alte Hexe. Du steckst doch dahinter!«, antwortet Heidemarie zornig. »Kannst du es wieder nicht ertragen, dass die Menschen glücklich sind?«

Alechte grinst hinterhältig und zufrieden.

»Wann willst du endlich aufhören, Unglück über die Menschen zu bringen?«, schreit Heidemarie. Das ist ganz untypisch für sie, denn Feen sind selten zornig und schreien eigentlich nie.

»Niemals!«, keift die alte Hexe. »Jeden Tag, wenn ich mein Spiegelbild in der Grundlosen Kuhle erblicke, schwöre ich aufs Neue, dass die Menschen, die hier leben, kein Glück erfahren werden, nie wieder!«

»Du garstige, bösartige Hexe, lass doch endlich diese alten Geschichten ruhen und finde dich mit deinem Schicksal ab!«, fordert die kleine Fee mit Zornesfalte auf der Stirn und vor Aufregung rot gefärbten Wangen.

***

Vor vielen vielen Jahrhunderten war Alechte ein junges, außergewöhnlich schönes Mädchen gewesen, das allen Männern im Umkreis den Kopf verdrehte. Doch mit keinem meinte sie es ernst. Hatte sie einen jungen Mann erst einmal für sich gewonnen, wurde er uninteressant für sie, und sie begann, den nächsten zu bezirzen. Dabei waren vor allem die Männer, die schon vergeben waren, für Alechte immer die begehrenswertesten. Konnte sie solche Männer für sich gewinnen, ergötzte sie sich am Kummer der Ehefrauen, Verlobten und Kindern, die allein und verlassen zurückblieben.

Viele Familien stürzte sie so ins Unglück, und sie wurde von vielen Menschen abgrundtief gehasst.

Eines Tages hatte die schöne Alechte es auf einen Mann abgesehen, der bereits verlobt war, und dessen Verlobte ein Kind von ihm unter dem Herzen trug. Die Hochzeit stand kurz bevor. Jedoch konnte auch dieser junge Mann Alechtes Reizen nicht widerstehen, verfiel ihr mit Haut und Haar, und ließ seine unglückliche Verlobte am Tag vor der Hochzeit sitzen. Vor lauter Verzweiflung wusste das arme Mädchen keinen anderen Ausweg, ging ins Moor – und wurde niemals wieder gesehen.

Zur gleichen Zeit jedoch verschwand auch die schöne Alechte, und statt ihrer begann eine grauslich anzusehende Hexe, ihr Unwesen in der Gegend zu treiben. Die Ernte verdarb, die Winter waren härter denn je, die Sommer trocken, Epidemien löschten zahlreiche Leben aus. Das Wasser in den Brunnen verdarb, das Vieh ging ein, und viele Menschen verhungerten.

Die Einheimischen tuschelten natürlich viel und äußerten Vermutungen. Was mochte mit Alechte geschehen sein? Und woher kam diese schreckliche Hexe? War es womöglich Alechte höchstselbst, die ihre verdiente Strafe bekommen hatte? Was konnten sie nur gegen diese Plage unternehmen? Doch trotz aller Überlegungen fiel den Leuten nichts ein, und so fanden sie sich schließlich mit ihrem Schicksal ab und resignierten …

»Wenn du aufhören würdest, das Glück der Menschen zu zerstören, dann gäbe es vielleicht auch eine Möglichkeit, den Fluch, der auf dir lastet, aufzuheben.« Heidemarie sagt dies mit leiser, eisiger Stimme und blickt Alechte dabei direkt in die Augen.

»Wie … denn das? Was meinst du damit?« Auf ihren knorrigen Stock gestützt, geht die Hexe einen Schritt auf Heidemarie zu, und ihre kleinen, hinterlistigen Augen leuchten feuerrot wie die Flammen der Hölle. »Sag schon, wie werde ich den Fluch los?« Vor Aufregung zittern Alechtes lange, knotige Finger, ihre Stimme wird unangenehm schrill, sodass sich Heidemarie ihre kleinen Feenohren zuhalten muss. Alechtes Zunge schnellt aus ihrem zahnlosen Mund hervor und befeuchtet ihre schmalen, faltigen Lippen.

Heidemarie lächelt. Sie kann nicht anders, schließlich ist sie eine Fee mit einem großen Herzen, in dem Hass keinen Platz findet.

»Ich wüsste einen Weg.«

»Dann sag ihn mir!«, fordert die Hexe, das spitze Kinn herausfordernd vorgereckt. Die graue, verfilzte Mähne fällt dabei nach hinten und gibt den Blick auf kahle Stellen auf dem Vorderschädel und auf ihre von Warzen übersäten, runzeligen Wangen frei.

»Erst musst du mir versprechen, dass du meine Seifenblasen in Ruhe lässt«, verlangt Heidemarie mit Nachdruck.

Alechte knurrt leise, Heidemarie kann deutlich erkennen, wie sehr die Hexe in ihrem Inneren mit sich selbst kämpft. Schließlich antwortet sie: »Ja. Ja, du kannst deinen Tanz auf den Seifenblasen wieder tanzen und die Menschen glücklich machen und all diesen Feenkram, den du so liebst.«

»Und sie werden wieder zerplatzen und magische Luft freigeben?«

»Ja, ja … meinetwegen.«

»Die Bewohner des Heidekreises werden wieder in Chören singen, in Theatergruppen spielen, Gedichte schreiben und Bücher? Sie werden wieder andere Menschen treffen, sich austauschen, Feste feiern und glücklich sein? Sie werden Weihnachten wieder in Frieden verbringen und die besinnliche Adventszeit genießen können?«

»Ja, ja, es soll alles so sein, wie du es wünschst. Aber jetzt verrate mir endlich, wie ich diesen Fluch loswerde!«

»Du versprichst es?«

»Zum Teufel, ja, ich verspreche es!«

»Heute ist Vollmond, sei um Mitternacht am Schwarzen Moor. Dort wird der Geist des armen Mädchens erscheinen, das du damals so rücksichtslos in den Tod getrieben hast. Bitte sie um Vergebung, bitte sie *aufrichtig* um Vergebung, und du wirst sehen, was geschieht.«

***

Mit den ersten Sonnenstrahlen fliegt Heidemarie am nächsten Morgen über den Heidekreis. Sie pustet eine neue Seifenblasenkuppel, tanzt von Seifenblase zu Seifenblase und freut sich daran, wie sie eine nach der anderen unter ihren Füßen zerplatzen. Der aromatische Duft nach Vanille und Zimt, Spekulatius und Grog legt sich erneut über den Heidekreis. Die Menschen verlassen ihre Häuser, recken die Nasen in die Luft und füllen ihre Lungen mit dieser einzigartig herrlichen Luft. Zufrieden beobachtet Heidemarie, wie sich der Marktplatz füllt. Ein großer Tannenbaum wird aufgestellt, und während die Kinder jauchzend und lachend den Baum mit ihrem selbstgebastelten Baumschmuck behängen und die Männer überall funkelnde Lichter installieren, finden sich einige ältere Damen spontan zusammen und beginnen, gemeinsam zu singen: »*O du fröhliche, o du selige, gnadenbringende Weihnachtszeit …*«, erklingt es lieblich, und als Heidemarie schließlich ihren Heimflug antritt, sieht sie eine alte Frau glücklich lächelnd auf einer Bank an der »Grundlosen Kuhle« sitzen und einen Weihnachtsstern flechten …

Der zauberhafte Weihnachtswald

Es war einmal, vor gar nicht so langer Zeit ein kleiner Junge, der hieß Moi. Eigentlich hieß er Moritz, aber vor langer Zeit, als Moritz noch klein war, konnte er seinen Namen noch nicht ganz aussprechen, und so nannte er sich selbst Moi.

Moi war vier Jahre alt. Es war eine nigelnagelneue Vier, denn Moi hatte gerade an diesem Tag Geburtstag, und der Tag war bislang sehr aufregend gewesen. Viele Freunde waren gekommen, um ihm zu gratulieren, und auch die Großeltern hatten natürlich nicht gefehlt. Sie hatten viele wunderschöne Geschenke gebracht und es hatte einen tollen Geburtstagskuchen gegeben.

Moi war rundum glücklich und zufrieden. Jetzt ging dieser schöne Tag zu Ende. Moi hatte schon seinen neuen Schlafanzug an, der so herrlich nach Omas Waschmittel duftete, saß auf der Fensterbank in seinem Zimmer und schaute hinaus. Viel gab es dort nicht zu sehen, denn es war bereits stockfinster. Jetzt, im November, wurde es schon früh dunkel, aber das störte Moi nicht, denn das, was er sehen wollte, sah er nur, wenn es dunkel war: die Sterne. Goldene Sterne und den großen, runden, silbernen Mond.

Moi schaute in Nachthimmel und staunte über das, was er sah, die unzähligen Sterne, die dort oben glitzerten und blinkten. Einer faszinierte ihn ganz besonders, er strahlte sehr hell, und je länger Moi ihn ansah, umso mehr hatte er das Gefühl, der Stern würde größer und größer und größer … Mois Augenlider wurden allmählich ganz schwer. Immer wieder riss er die Augen auf und schüttelte sich, um seinen Stern weiter beobachten zu können, aber irgendwann fielen ihm schließlich doch die Augen zu und Moi schlief ein.

***

»Oh, ist das schön hier!«, dachte Moi, und sah sich um.

Alles um ihn herum war in eine dicke, weiße Schneedecke gehüllt. Die Bäume trugen Mützen aus Schnee, und alles glitzerte. Moi wunderte sich, dass ihm gar nicht kalt war, er hatte ja nur seinen Schlafanzug und seine Hauspantoffeln.

»Und da macht Mama immer so ein Theater, ich soll Handschuhe und Mütze und Schal anziehen, wenn ich in den Kindergarten gehe – es geht doch auch so!«, murmelte Moi vor sich hin, und begann, durch den Schnee zu stapfen. Auf der unberührten Schneedecke hinterließen seine Pantoffeln ganz deutliche Abdrücke. Moi fand das so lustig, dass er sich umdrehte und rückwärts ging, um seine eigene Spur besser zu sehen. Er lief gerade Zick-Zack-Linien, als er plötzlich gegen etwas stieß. Das »Etwas« war weich, Moi fühlte mit seinen Händen eindeutig einen Pelz, und das »Etwas« brummte. Moi erschrak, er wagte nicht, sich umzudrehen, stand wie angewurzelt und drückte seine Augen ganz fest zu.

Nur gut, dass er sich nicht auch noch die Ohren zugehalten hatte, denn das hätte er am liebsten getan, dann hätte er allerdings nicht gehört, dass das »Etwas« mit ihm sprach.

»Hallo Moi, was tust du denn da?«, brummte eine tiefe Stimme. »Wenn du immer nur rückwärts läufst, kannst du ja den Eingang zum Weihnachtswald überhaupt nicht finden«, brummte es weiter.

Moi drehte sich langsam um und steckte nun mit der Nasenspitze im Pelz. Er musste niesen, der Pelz kitzelte ihn in der Nase. Moi trat einen Schritt zurück und schaute vorsichtig nach oben. Er sah nur eine weiße Pelzwand.

»Ui« entfuhr es ihm.

Jetzt ging die Pelzwand ein Stückchen rückwärts und brummte dabei: »Also, Moi, warum gehst du rückwärts?«

»Tust du doch auch«, antwortete Moi schnell, und er erschrak ein bisschen über seinen eigenen Mut, denn nun sah er, was die brummende weiße Pelzwand war – ein riesiger Eisbär. Moi legte den Kopf in den Nacken, um den Eisbären ganz ansehen zu können, und er musste lachen. Oben auf dem Kopf des Eisbären thronte mitten zwischen den Ohren eine leuchtend rote Zipfelmütze mit einer weißen Bommel. Der Eisbär strahlte ihn an und griff mit seiner mächtigen Pranke an seine Zipfelmütze.

»Ich heiße Bommel«, erklärte er feierlich, und verneigte sich ein wenig, gerade so viel, dass die Mütze nicht herunterrutschte.

»Oh! Guten Tag, Herr Bommel!«, antwortete Moi vorsichtig, und auch er verbeugte sich etwas.

»Und?«, fragte Bommel, während seine schwarz glänzende Schnauzenspitze Moi neugierig entgegenkam.

»Und was?«, fragte Moi, nun schon etwas mutiger.

»Na, warum bist du rückwärts gelaufen? Du bist doch ein Mensch, oder?«

Bommel legte bei dieser Frage den Kopf etwas schräg.

»Natürlich, was denn sonst?«, gab Moi zur Antwort.

»Hättest ja vielleicht auch ein Taschenkrebs sein, die laufen nämlich auch rückwärts. Habe ich gehört«, erklärte Bommel.

Moi lachte.

»Ja richtig«, sagte er »die habe ich schon oft an der Nordsee am Strand gesehen.« Dann erklärte Moi Bommel, warum er rückwärts gelaufen war.

»Eine tolle Idee«, meinte Bommel begeistert, »da möchte ich mitmachen!«

Und so stellten sich Moi und Bommel nebeneinander und stapften rückwärts los. Das gab eine lustige Spur, zwei große Eisbärentatzen – Herr Bommel lief nämlich nur auf den Hinterbeinen, weil sonst seine rote Zipfelmütze heruntergefallen wäre – und daneben zwei kleine Kinderfußabdrücke. So liefen sie eine Weile, mal in Schlangenlinien, mal im Kreis, dann ganz breitbeinig, und schließlich einen Fuß direkt hinter den anderen setzend in einer geraden Linie. Bis Moi plötzlich stehen blieb.

»Wenn wir beide rückwärts laufen, dann sehen wir beide nicht den Eingang zum Weihnachtswald«, gab Moi zu bedenken.

Bommel blieb nun auch stehen, grübelte und stimmte ihm schließlich zu.

»Richtig, so etwas Dummes aber auch«, brummte er.

»Was ist das überhaupt, der Weihnachtswald?«, wollte Moi wissen.

»Der Weihnachtswald, du weißt nicht, was der Weihnachtswald ist?«, rief Bommel erstaunt, und schüttelte vorsichtig seinen Kopf, damit die Zipfelmütze nicht herunterfiel. Moi nickte verlegen.

»Ich glaube fast, du bist doch ein Taschenkrebs«, lachte der Eisbär mit seiner brummenden Stimme.

»Bin ich nicht!«, sagte Moi beleidigt.

»Ach nee?«, brummte Bommel, musste aber dabei grinsen.

»Ach bitte, lieber Herr Bommel, erzählen Sie mir doch vom Weihnachtswald«, bettelte Moi.

»Ich erzähl dir gar nichts!«, antwortete der Eisbär, und wendete sich zum Gehen. Aber er streckte hinter seinem Rücken seine Tatze aus, und Moi beeilte sich, ihm zu folgen, ergriff die Eisbärenpranke und schaute erwartungsvoll zu Bommel hinauf.

»Ich sag dir nix, weil ich dir den Weihnachtswald viel lieber zeigen werde«, erklärte Bommel, und stapfte voran. Moi schaute ihn verdutzt an.

So liefen sie eine ganze Weile durch den tiefen Schnee, bis Mois Beine immer müder und schwerer wurden. Er stolperte mehr, als er lief, und blieb schließlich im Schnee liegen.

»Ich kann nicht mehr, Herr Bommel«, stöhnte Moi, und er schaute zu Bommel auf.

»Oh!«, sagte Bommel, und beugte sich ein wenig zu Moi herunter, »dann werde ich dich tragen, es ist auch gar nicht mehr weit.«

Es wäre natürlich am einfachsten gewesen, wenn Moi sich auf Bommels breiten Rücken gesetzt hätte, aber dann hätte Bommel ja auf allen Vieren laufen müssen, und das ging auf gar keinen Fall, wegen Bommels Zipfelmütze. Und so nahm Bommel Moi auf seine Arme und lief mit ihm weiter. Moi nickte ein wenig ein und machte seine Augen erst wieder auf, als Bommel plötzlich stehen blieb.

»Was ist?«, fragte Moi. »Sind wir da?«.

Bommel nickte stumm und stellte Moi vorsichtig auf die Füße. Moi schaute sich um.

»Aber hier ist doch gar nichts«, sagte er enttäuscht.

Bommel deutete mit seiner Schnauze geradeaus und schwieg immer noch. Direkt vor ihm war sehr viele eng beieinanderstehende und hohe Tannenbäume, sie wirkten beinahe wie eine Mauer. Moi wunderte sich.

»Na und?«, fragte er. »Ganz gewöhnlich Tannen!«

Bommel jedoch schüttelte seinen großen Kopf, wobei die große weiße Bommel auf der roten Zipfelmütze von einer Seite zur anderen wirbelte.

»Und nun?«, wollte Moi etwas ungeduldig wissen.

Da nahm Bommel seine rote Zipfelmütze vom Kopf und zog etwas aus der Mütze heraus. Moi stellte sich neugierig auf die Fußspitzen, um besser sehen zu können. Er sah ein Schild, das am einen Ende spitz zulief wie ein Pfeil, und Bommel zog aus diesem Schild einen Stab, der, je mehr Bommel zog, umso länger wurde. Als der Stab ungefähr so lang war, dass er bis zu Mois Nasenspitze reichte, steckte Bommel ihn in den Schnee. Moi betrachtete das Schild. »Ganz klar, es ist ein Wegweiser!«, sagte Moi. »Da steht was drauf!«

Bommel, der seine Mütze gleich wieder zwischen seine Ohren gesetzt hatte, nickte.

»Aber, aber …« Moi stockte und schaute zu Boden. »Ich kann doch noch nicht lesen, ich bin doch erst im Kindergarten und noch nicht in der Schule«, sagte Moi leise.

Bommel schob ihn noch ein Stück näher an das Schild heran, und plötzlich hörte Moi eine Stimme. Verblüfft schaute er von dem Schild zu Bommel und wieder zurück. Die Stimme wiederholte immer das gleiche Wort: »Weihnachtswald«.

Bommel nahm Moi an seine Tatze und zog ihn in Richtung Tannenwand und deutete darauf. »Herr Bommel, sag doch bitte etwas«, bettelte Moi, aber Bommel schüttelte nur den Kopf und schob Moi noch ein Stückchen vor. Moi wollte gerade noch etwas sagen, da öffnete sich mit einem leisen Rauschen die Tannenwand. Moi bekam von Bommel einen kleinen Stups und stolperte vorwärts.

Hinter ihm schloss sich rauschend die Tannenmauer. Moi blickte zurück. Herr Bommel war verschwunden.

Moi war allein!

Er schaute sich um. »Eigentlich alles ganz normal hier«, murmelte er leise, da tippte ihm von hinten jemand auf die Schulter. Moi fuhr erschrocken herum. Er sah nach oben, weil er annahm, Bommel sei wieder bei ihm. Aber da oben war nichts. Dafür hörte Moi eine Stimme von unten: »Pardon, Monsieur Maurice?«

Moi traute seinen Augen nicht. Vor ihm stand ein Pinguin.

»Sind sie Monsieur Maurice?«, fragte der Pinguin erneut.

»Nein, ich bin Moi«, antwortete Moi immer noch verblüfft. »Ah, oui, sag isch doch, Monsieur Maurice!«, erwiderte der Pinguin. »Moritz, c'est Maurice auf Französisch«, erklärte der Pinguin eifrig und dabei wackelte seine Mütze – wie Herr Bommel trug auch er eine kleine rote Zipfelmütze, ebenfalls mit einer weißen Bommel daran, allerdings eine erheblich kleinere – hin und her. Moi fand den kleinen Kerl in seinem schwarzen Frack lustig und fragte ihn: »Wo kommen Sie denn her?«

»Isch komme aus Frankreisch, naturellement«, gab ihm der Pinguin stolz zur Antwort, verbeugte sich, und sprach: »Pardon, isch 'eiße Napoleon, aber alle Freunde nennen misch Napi, würden Sie das bitte aussi tun, Monsieur Maurice?«

Moi musste lachen.

»Aber gern, Napi«, kicherte er.

»Darf isch Monsieur vielleischt eine 'eiße Schokola bringen?«, fragte Napi höflich.

»Ja, das wäre fein«, sagte Moi schnell, und wunderte sich, wo der Pinguin hier wohl eine heiße Schokolade holen wollte. Napi hatte sich schon umgedreht und watschelte davon. Als er hinter einer nahstehenden Tanne verschwunden war, hörte Moi ein leises Klingeln von Glöckchen, und schon kam Napi mit einem Tablett zurück.

»S'il vous plaît«, sagte Napi, und hielt Moi das Tablett mit einem Becher dampfender Schokolade, die eine herrliche Krone aus Schlagsahne obenauf hatte, entgegen.

»Mhmm«, machte Moi, und nahm strahlend den Becher entgegen. »Die Sahne sieht genauso aus wie der Schnee auf den Tannen, nur dass die nicht aus Schokolade sind«, stellte Moi fest.

»Nischt aus Schokola?«, fragte Napi, und schaute an den Bäumen hoch. Wieder hörte Moi die Glöckchen, und schon waren die Tannen aus hellbrauner Vollmilchschokolade.

»Voila!«, sagte Napi, und zeigte auf die Schokoladentannen.

Moi, der vor Staunen den Mund nicht zubekam, brachte nur ein leises »Oh« hervor.

»So einen Weihnachtsbaum müssten wir mal haben«, murmelte Moi. Kaum hatte er das geflüstert, schon hörte er wieder die Glöckchen, und alle Tannen rings herum waren behangen mit Eistüten, Zuckerstangen, Gummibärchen, Schokoschaumküssen, Bonbons in allen Farben, Lakritze und Weihnachtskeksen.

Moi traute seinen Augen nicht, die er weit aufgerissen hatte und vor Schreck schnell schloss, um sie sich anschließend mit seinen kleinen Händen kräftig zu reiben.

Aber auch, als er die Augen langsam wieder öffnete, war die Pracht nicht verschwunden.

»Napi, wie machst du das?«, flüsterte Moi beinahe ehrfürchtig.

Napi schmunzelte und fasste seine kleine rote Zipfelmütze ganz oben an der weißen Bommel, lupfte sie ein wenig, und schon erklangen die Glöckchen. Als Napi die Mütze wieder aufgesetzt und zurechtgerückt hatte, hingen noch mehr Süßigkeiten an den Schokoladentannen, sodass von der Schokolade fast nichts mehr zu sehen war. Sehnsüchtig schaute Moi den Baum an.

»Voulez vous … ah, pardon, möschte Monsieur etwas 'aben von die Baum?«, fragte Napi mit seinem niedlichen französischen Akzent, denn natürlich war ihm Mois sehnsüchtiger Blick nicht entgangen. Moi nickte stumm. Noch immer konnte er nicht glauben, was er sah.

»Pas de problem, Monsieur kann nehmen, was er möschte«, forderte Napi Moi auf.

Moi streckte seine Hand nach einem Zuckerring aus und biss hinein. »Mhm, schmeckt köstlich«, schwärmte er. »Très bien, très bien, das ist sehr schön«, freute sich der Pinguin.

»Hat Monsieur weitere Wünsche, die isch ihm erfüllen kann?«, wollte Napi dann wissen.

Moi pflückte sich weitere Naschereien von dem Baum und antwortete kauend: »Erzähl mir doch bitte, was es in diesem wunderbaren Weihnachtswald noch so alles gibt.«

»Isch 'abe keine Ahnung, Monsieur, leider. Isch bin nur für diesen Teil des Waldes zuständig. Wenn Monsieur mehr sehen möschte, muss Monsieur diesen Weg nehmen.«

Napi zog seine Zipfelmütze vom Kopf, die Glöckchen erklangen und ein von zahlreichen hell strahlenden Sternen beleuchteter, breiter Weg erschien vor Moi.

Moi verabschiedete sich von dem netten Pinguin, denn er war neugierig, was es im Weihnachtswald noch zu entdecken gab. Der Pinguin verneigte sich vor Moi und wünschte ihm eine gute Reise.

Moi stapfte den Weg entlang, rechts und links von ihm tanzten funkelnde Sternchen. Er war sehr gespannt, was ihn als nächstes erwarten würde. Er dachte noch an Bommel und Napi, schon hörte er hinter sich ein aufgeregtes Geschnatter. Neugierig drehte Moi sich um. Da rannte, flatterte, stolperte eine aufgeregte Schneegans auf ihn zu. Moi blieb stehen und die Gans bremste so plötzlich, dass sie vornüberfiel und mit dem Schnabel voran im Schnee stecken blieb. Jetzt hörte Moi das Geschnatter nur noch sehr gedämpft. Die Gans steckte bis zum Hals im Schnee, nur noch ein Stückchen einer sehr kleinen roten Zipfelmütze mit, wie sollte es auch anders sein, winziger weißer Bommel schaute noch aus dem Schnee heraus. Die Schneegans schlug aufgeregt mit den Flügeln. Moi tat das hilflose Tier so leid, dass er sich auf die Knie fallen ließ und mit den Händen anfing, zu graben.

Die Gans tauchte aus ihrer unfreiwilligen Höhle auf und schnatterte gleich los: »Aha, Moi, nehme ich an, aha, das

Menschenkind, nein, wie schön, nein, wie nett, ach, ist das eine Freude, aha, ja, ja, Moi, ich seh schon, sehr schön, sehr schön …«

»Ja, ich bin Moi …«, wollte dieser das unaufhörliche Geschnatter der Gans unterbrechen, aber die Gans hielt ihren Schnabel einfach nicht.

»Ach, nein, welche Freude, ich werde es all meinen Freundinnen beim Kaffeekränzchen berichten, nein, was für ein hübscher Junge, und so schöne braune Augen, nein, wie ist das doch nett, außerordentlich nett …«

»Bitte, wer sind Sie denn?«, machte Moi einen neuen Versuch den Schnatterfluss der Schneegans zu unterbrechen.

»Oh, Entschuldigung, nein, wie dumm von mir und wie unhöflich, wo hab ich denn nur meinen Kopf, gar keine Kinderstube, nein, so etwas…«, begann die Gans erneut loszuschnattern. Moi atmete tief ein und laut aus.

»Ich bin Luise«, sagte die Schneegans, und strahlte Moi aus ihren blauen Augen an.

»Einen schönen guten Tag, Frau Luise«, beeilte sich Moi zu sagen, damit die Gans nicht wieder einen ihrer endlosen Sätze beginnen konnte. Aber Luise öffnete schon wieder den Schnabel: »Herzlich willkommen im Weihnachtswald, Moi. Ich habe die Ehre, dich zu fliegen, bin sozusagen die *Weihnachtswald-Schneegans-Airline*, hi hi hi«, kicherte Luise. »Wenn du dann bitte aufsteigen würdest, wir starten in wenigen Minuten«, schnatterte Luise, und breitete zur Verdeutlichung ihre Flügel aus.

Moi zögerte einen Moment und kletterte dann auf Luises Rücken. Luise schwankte ein wenig, lief vorwärts, beschleunigte und hob schließlich tatsächlich. »Halt dich gut an meinen Federn fest«, rief Luise Moi zu, und stieg höher und höher in den Himmel. Moi kuschelte sich in die warmen Daunen von Luise und schaute hinunter. Die tanzenden, blinkenden Sternchen neben dem Weg, den er gegangen war, waren jetzt winzig kleine Lichtpunkte und die Schokoladentannen, die er mit Napi, dem Pinguin, gekostet hatte, waren so klein, als gehörten sie zu einer Spielzeugeisenbahn. Luise flog fast lautlos dahin und Moi schloss die Augen, bis er nach vorn auf Luises Hals zu rutschen begann.

Luise rief: »Halte dich gut fest, wir landen gleich!«

Und schon näherten sie sich der Erde. Luise setzte sanft auf.

»Wir sind da«, sagte sie zu Moi, »du kannst absteigen.«

Das tat Moi, und dann sah er sich um. Hier war nichts zu sehen, nur Schnee. Moi wollte gerade fragen, was er denn hier solle, da stieg vor ihm eine kleine Schneefontäne auf. Moi war gespannt, was jetzt wohl passieren würde. Schon krabbelte direkt vor seinen Füßen ein kleiner Schneehase aus einem Loch. Er setzte sich vor Moi auf seine Hinterbeine. Zwischen seinen langen Ohren, die lustig auf und ab wackelten, saß natürlich eine kleine rote Zipfelmütze mit weißer Bommel.

»Halli hallo hallösen, is bin Hoppelfix«, begrüßte der Hase Moi freundlich.

»Hallo Hoppelfix«, antwortete Moi, und amüsierte sich ein bisschen über Hoppelfix' lustige Aussprache.

»Luise ist schon zurückgeflogen und is werde dir den weiteren Weg zeigen«, erklärte Hoppelfix.

»Den Weg wohin?«, wollte Moi wissen.

»Natürlis unter die Erde«, sagte Hoppelfix, und zeigte auf das Loch in der Schneedecke.

»Aber was soll ich denn unter der Erde?«, fragte Moi ängstlich.

»Du musst keine Angst haben«, versicherte ihm Hoppelfix, und er reichte ihm seine Pfote.

»Hab ich gar nicht«, behauptete Moi schnell, nahm aber sicherheitshalber Hoppelfix' Pfote ganz fest.

»Nur auf diesem Weg kommen wir zu den geheimen Werkstätten der Weihnachtselfen. Dort entstehen all die feinen Geschenke!«, erklärte Hoppelfix ganz leise flüsternd. Jetzt war Moi neugierig geworden.

»Aber in dieses kleine Loch passe ich niemals hinein«, gab Moi zu bedenken. Er war ganz enttäuscht, nun die Weihnachtselfen und die vielen schönen Geschenke nicht sehen zu können.

»Keine Sorge«, beruhigte ihn Hoppelfix, zog seine Zipfelmütze ab und reichte sie Moi. »Setz nur die hier auf«, sagte er, und kicherte.

Moi nahm die Mütze und sagt: »Danke, aber die ist mir doch viel zu klein …«

»Setz sie einfach auf«, unterbrach ihn Hoppelfix.

Das tat Moi, und kaum hatte die rote Zipfelmütze seinen Kopf berührt, da spürte Moi auch schon, wie er kleiner und immer kleiner wurde, bis er schließlich die Größe von Hoppelfix erreicht hatte.

Verblüfft und erschrocken sah er das Häschen an. Noch ehe Moi etwas fragen oder sagen konnte, schnappte Hoppelfix sich seine Mütze von Mois Kopf und flitzte in das Loch im Schnee zurück.

Er rief: »Komm, Moi, wir müssen uns beeilen!«

Moi krabbelte, ohne weiter nachzudenken, hinterher. Es war stockdunkel in dem unterirdischen Gang, und Hoppelfix war so schnell, dass Moi ihn bald aus den Augen verloren hatte.

»Hoppelfix, wo bist du denn? Warte doch auf mich«, rief Moi laut, aber auch nach dem dritten, vierten und fünften Rufen bekam er keine Antwort. Hoppelfix war verschwunden.

Der Gang hatte so viele Verzweigungen, dass Moi sich nicht entscheiden konnte, welchen Weg er nehmen sollte.

»Was soll ich nur tun?«, sagte Moi leise, und fing an zu weinen. Er setzte sich auf den Boden, zog die Knie unter das Kinn und schlang die Arme ganz fest um seine Beine. Moi schluchzte vor sich hin, als er auf einmal Schritte hörte …

Moi hörte augenblicklich auf zu weinen, wischte mit seinem Schlafanzugärmel Augen und Nase ab und versuchte, in der Dunkelheit etwas zu erkennen. Die Schritte kamen näher, zu sehen war noch nichts. Moi starrte angestrengt in die Dunkelheit. Sollte er fortlaufen? Er hatte sich gerade überlegt, zurückzugehen, aber das ging nun nicht mehr, denn genau aus dieser Richtung kamen die Schritte, die jetzt unmittelbar bei ihm waren. Moi sprang auf und drückte sich mit dem Rücken an die Wand. Vor Angst hatte er die Augen fest zugekniffen und hielt sich die Ohren zu. Er spürte aber, dass etwas oder jemand vor ihm stand, und er roch den köstlichen Duft von Vanille und Zimt.

Wenn etwas so gut riecht kann es nicht wirklich fürchterlich sein, dachte Moi, nahm die Hände von den Ohren und machte vorsichtig die Augen auf.

»Was, ähm, wer bist du denn?«, fragte er.

Vor ihm stand, breitbeinig, mit vor der Brust verschränkten Armen und über das ganze Gesicht grinsend, ein Junge. Er war viel größer als Moi, zumindest jetzt, in seinem geschrumpften Zustand, reichte Moi ihm gerade mal bis zum Fußgelenk.

»Ich bin Kai«, antwortete der Junge, und beugte sich zu Moi herunter. »Und du bist wohl der lächerlich kleingeschrumpfte Moi, wie?«, sprach Kai weiter.

Moi fand, dass das nicht sehr nett klang. Kai sah eigentlich wie ein ganz normaler Junge aus, bis auf seine seltsame Kleidung und seine wirklich bemerkenswerten Ohren. Die waren nämlich ziemlich groß und sehr spitz. Außerdem schielte Kai ein ganz kleines bisschen und hatte eine lustige Stupsnase mit zahllosen Sommersprossen. Kai trug einen kurzen, roten, zipfeligen Rock und ein dazu passendes Oberteil. Seine Füße steckten in schnabelförmig nach oben gebogenen roten Schuhen mit weißem Pelzbesatz. Auf dem Kopf trug Kai – NICHTS!

»Ob du Winzling Moi bist, will ich wissen«, unterbrach Kai Mois Betrachtungen.

Moi erschrak und fing an zu stottern. »J …j … j… ja, ich bin Moi.«

»Und was tut Winzling Moi hier?«, herrschte Kai ihn an.

»Ich … ich«, begann Moi wieder zu stottern.

»Ich, ich, ich …«, äffte Kai ihn nach. »Was ist mit dir los?«

»Hoppelfix hat mich hergeführt, er wollte mir die Weihnachtselfen zeigen und den Ort, an dem all die schönen Geschenke gemacht werden«, erklärte Moi.

»Na, einen Weihnachtself hast du ja nun schon mal vor dir«, sagte Kai. »Und wo ist dein Hoppelfix nun?« Kai sah sich um. »Ich sehe ihn nirgendwo.«

»Das ist ja das Problem, er war so schnell, und da hab ich ihn verloren«, antwortete Moi kleinlaut.

»Kein Wunder, dass Hoppelfix so schnell war«, lachte Kai gehässig. »Er wird sich womöglich daran erinnert haben, dass er eigentlich gar keinen Menschen zu den Werkstätten führen darf, dieser alte Angeber!«, erklärte Kai, und streckte seine Stupsnase in die Luft.

Moi schaute überrascht.

»Und nun willst du hier sitzenbleiben, bis Hoppelfix zurückkommt, oder wie?«, fügte Kai grinsend hinzu.

Moi zuckte mit den Schultern. »Ich weiß es nicht«, sagte er traurig, und schaute dabei auf den Boden.

»Dann denk gefälligst nach!«, forderte Kai ihn auf. »Hoppelfix kommt bestimmt nicht zurück, das kannst du vergessen.«

Moi wurde noch trauriger, und schon kullerte die erste Träne über seine Wange.

»Heulsuse«, spottete Kai. »Du kannst ja mit mir kommen, wenn du den Mut dazu hast«, bot Kai an.

»Wo gehst du denn hin?«, wollte Moi wissen.

»Weiß nicht genau, quer durch den Weihnachtswald«, sagte Kai.

»Was hast du denn vor?«, fragte Moi vorsichtig.

»Ich …«, Kai schaute auf seine Schuhe und war plötzlich ganz verlegen. »Ich suche meine rote Zipfelmütze mit der weißen Bommel«, sprach er ganz leise weiter.

»Hast du sie verloren?«, fragte Moi. Jetzt tat ihm der Weihnachtself überraschender Weise leid.

»Herr Bommel und Napi, Luise und Hoppelfix, sie alle hatten eine rote Zipfelmütze mit weißer Bommel, und die Mützen konnten sogar zaubern!«, berichtete Moi aufgeregt.

»Natürlich, wir haben alle eine solche Mütze hier im Weihnachtswald, und jede Mütze hat magische Kräfte. Und mein

Problem ist nun, dass man nur im Weihnachtswald bleiben darf, wenn man auch seine Mütze trägt«, erklärte Kai traurig.

»Heißt das, du musst nun den Weihnachtswald verlassen?« Moi riss erschrocken die Augen auf.

»Genau!«, antwortete Kai. »Ich bin dann ein heimatloser Weihnachtself. Wo soll ich denn dann nur hin?«, murmelte Kai, und seine Augen schimmerten verdächtig feucht.

»Aber … vielleicht, wenn wir zusammen auf die Suche gehen, finden wir deine Zipfelmütze ja wieder«, bot Moi dem verzweifelten Elfen an.

»Das ist lieb von dir, Moi, aber wenn du die Mütze findest, musst du sie behalten«, erklärte Kai. »Das ist hier Gesetz.«

»Ich will aber gar nicht hier im Weihnachtswald bleiben, ich möchte zurück zu meiner Mama und meinem Papa und meiner kleinen Schwester«, rief Moi, denn er bekam langsam Heimweh.

»Du musst ja auch nicht hierbleiben, du musst nur die Mütze behalten, man darf sie nie, niemals verschenken, oder … oder … oder verlieren«, sagte Kai niedergeschlagen.

Moi dachte angestrengt nach. »Wie bist du denn zu deiner Mütze gekommen? Wo hast du sie her? Kannst du dir dort nicht eine neue holen?«

»Ich weiß es nicht«, sagte Kai leise, und ließ den Kopf hängen. »Hier im Weihnachtswald hat man sie schon, wenn man auf die Welt kommt«, fügte er hinzu.

»Ach so ist das«, sagte Moi.

Er wusste nun auch keinen Rat mehr. Kai und Moi setzten sich nebeneinander und schwiegen. Nach einer Weile begann der Weihnachtself wieder zu sprechen, ganz leise, und er schaute dabei auf die gebogenen Spitzen seiner Schuhe.

»Das Schlimmste ist, dass ich hier in den Wald gekommen bin, weil ich jemandem …«

Kai brach seinen Satz ab und schüttelte den Kopf.

»Weil du was?«, fragte Moi.

»Weil ich jemandem die Mütze stehlen wollte«, flüsterte Kai, und seine Wangen färbten sich rot. »Ich schäme mich so fürchterlich für diese Idee.«

Moi wusste nicht, was er dazu sagen sollte.

»Wir sollten jemanden um Rat fragen«, schlug er schließlich vor, »jemanden, der sich auskennt mit Problemen. Meine Mutter wüsste sicher, was du tun könntest.«

»Deine Mutter ist aber nicht hier«, gab Kai zur Antwort.

Die beiden verfielen erneut in Schweigen. Dann jedoch sprang Kai auf und sagte: »Das ist eine gute Idee, es gibt jemanden hier, der weiß immer Rat – dass ich da nicht schon früher dran gedacht habe!«

Kai zog Moi auf die Füße.

»Komm, los, lass uns gleich aufbrechen!«

»Aber wo willst du denn hin?«, wollte Moi wissen, folgte Kai jedoch auch ohne Antwort rasch. Diese erhielt er wenig später.

»Wir besuchen den Polarfuchs und seine alte Freundin, die Schneeeule. Sie wissen bestimmt Rat«, rief Kai, und rannte weiter zum Ausgang der unterirdischen Höhle.

Nach einem langen und sehr anstrengenden Marsch durch den tiefen Schnee, kamen Moi und Kai an eine alte Eiche. Unten am mächtigen Stamm des Baumes sah Moi ein Loch im Boden. Das musste der Fuchsbau sein. Kai sah an der Eiche hoch, konnte aber die Eule nirgends entdecken. Da legte er sich auf die Knie vor den Fuchsbau und rief: »Jemand zu Hause?«

Moi hörte Geräusche im Bau, und sogleich erschien ein silbergrauer Fuchs im Eingang.

»Einen wunderschönen guten Tag, Herr Professor Vulpes«, sagte Kai, verneigte sich leicht, und fragte: »Ist denn Frau Doktor Hedwig nicht bei Ihnen?«

»Ah, guten Tag, Weihnachtself Kai, habe schon gehört, was dir passiert ist. Nein, meine Freundin ist nicht da, sie kommt aber sicherlich gleich zurück, macht nur ihren Erkundungsrundflug«, sprach der Professor, und betrachtete währenddessen neugierig Moi.

»Und du bist das Menschenkind Moi?«, fragte er freundlich.

»Ja, Herr Professor, und ich würde meinem Freund Kai so gerne helfen, weiß aber nicht, wie. Hätten Sie nicht vielleicht eine Idee, wie er seine Zipfelmütze wiederbekommen könnte?«

Der Fuchs wiegte seinen Kopf – auf dem natürlich eine rote Zipfelmütze mit einer weißen Bommel saß – hin und her.

»Das ist eine schwierige Angelegenheit«, sagte er schließlich. »Warten wir auf meine Freundin Hedwig, sie hat immer einen Einfall.«

Kaum hatte der Fuchs das ausgesprochen, hörte Moi ein Rauschen und Flattern in den Baumwipfeln. Die Schneeeule war gelandet.

»Da bist du ja, meine Liebe«, sage der Professor, und schaute hinauf in die Baumkrone.

»Ihr wollt meinen Rat, habe ich gehört?«, rief sie, und flog zu ihnen auf den Boden.

Moi schaute verwundert, woher wusste sie das wohl?

Der Professor schmunzelte. »Doktor Hedwig kann als Eule alles hören, was so im Weihnachtswald gesprochen wird. Deshalb weiß meine liebe Freundin immer über alles Bescheid und nichts entgeht ihr«, erklärte der Fuchs Moi.

»Können Sie uns denn helfen?«, fragte Moi hoffnungsvoll.

Die Eule schüttelte langsam ihren Kopf samt Zipfelmütze und Bommel, und sagte: »In solch einem schwierigen Fall kann auch ich nicht helfen. Ich kann euch nur den Rat geben: Geht zum alten Herrn persönlich! Du, Kai musst ihn um Verzeihung bitten und sehen, ob er deine Entschuldigung annimmt.«

»Aber wer ist …«, wollte Moi gerade fragen, als Kai ihn anzischte.

»Psssssst!« Dabei legte er den Finger auf den Mund.

»Wir danken euch für euren Rat«, verabschiedete Kai sich höflich, verneigte sich nochmals leicht, drehte sich um und stapfte los. Moi trottete hinter ihm her. Er bemerkte, wie mutlos der Elf geworden war und wollte ihn etwas aufheitern.

»Dieser Herr wird dir bestimmt verzeihen, und vielleicht weiß er ja auch, wie ich wieder wachsen könnte, denn so winzig kann ich nicht zurück nach Hause«, sagte Moi.

»Wissen tut er das sicherlich, er weiß ALLES!«, sagte Kai mit hängendem Kopf, und lief dabei weiter durch den tiefen Schnee.

»Wo müssen wir denn eigentlich hin, und wer ist dieser Herr?«, fragte Moi keuchend, der versuchte, mit Kai Schritt zu halten, was aufgrund seiner kurzen Beinchen und des hohen Schnees gar nicht so einfach war.

»Wir müssen bis ans Ende des Weihnachtswaldes, dort wohnt ***ER***«, gab Kai zur Antwort.

»Wohnt wer?«, fragte Moi nochmals.

»Na, **ER** halt!«, fuhr Kai ihn an.

Moi sah ihn mit hochgezogenen Augenbrauen an.

Da beugte Kai sich zu ihm herunter und flüsterte in sein Ohr: »Na der WEIHNACHTSMANN.«

Moi riss die Augen auf und sah Kai ungläubig an.

»Wirklich?«, flüsterte er ehrfurchtsvoll zurück, und Kai nickte.

Schweigend durchquerten Kai und Moi den Weihnachtswald.

Als sie schließlich auf einer großen, freien Fläche angekommen waren, sahen sie ein Blockhaus. Rauch stieg aus dem Schornstein, und durch die Fenster schien heimeliges warmes Licht.

»Ist das sein Haus?«

Kai nickte stumm. Moi merkte, dass Kai sich nicht wohl in seiner Elfenhaut fühlte.

»Du musst bestimmt keine Angst vor ihm haben«, sagte Moi tapfer, obwohl es auch in seinem Bauch merkwürdig kribbelte. Kai antwortete nicht und ging wortlos auf das Holzhaus zu. Neben der Tür hing eine Glocke mit einer Kette daran. Kai holte tief Luft und zog nach kurzem Zögern daran.

Kaum hatte die Glocke zu läuten begonnen, da hörten Kai und Moi auch schon Schritte. Mois Herz klopfte heftig vor Aufregung. Jetzt würde er den Weihnachtsmann sehen, den Weihnachtsmann höchstpersönlich!

Die Tür wurde geöffnet, und vor ihnen stand ein uralter Mann in einem grün und blau karierten Schlafrock und mit Lederpantoffeln an den Füßen.

Moi schaute skeptisch – DAS sollte der Weihnachtsmann sein?

Gerade wollte er allen Mut zusammennehmen und den Mann fragen, ob er auch ganz bestimmt der Weihnachtsmann sei, da sagte Kai mit höflicher tiefer Verbeugung: »Guten Tag, Herr Weihnachtsmann, entschuldigen Sie bitte die Störung.«

»Ja, ja«, antwortete der alte Mann. »Kommt herein, es ist kalt«, sprach er weiter, und ging zurück ins Haus. Moi sah sich um. So hatte er sich das Haus des Weihnachtsmannes nicht vorgestellt! Es hatte nur einen einzigen kleinen Raum, darin ein Bett, einen Tisch und einen Stuhl. In einer Ecke stand ein kleiner Schreibtisch mit einem dicken goldenen Buch. Vor dem Schreibtisch stand ein Schaukelstuhl mit einem Fell darauf. Darauf lag eine zusammengerollte graue Katze und döste. In der anderen Ecke des Zimmers befand sich ein Kamin, darin loderte ein gemütliches, wärmendes Feuer.

Kai begann zu sprechen: »Es tut mir …«

»Ich weiß, ich weiß«, unterbrach ihn der alte Mann. Er schaute den Elfen streng an. »Wie konnte dir das nur passieren? Noch nie ist so etwas vorgekommen!«, sagte er, und dabei schaute er Kai tief in die Augen. »Und du, kleiner Moi, hast dich in den Weihnachtswald geträumt und bist nun winzig klein. Was mache ich denn nun mit euch?«, sprach der Weihnachtsmann Moi an, und dabei lächelte er nun. »Ich muss nachdenken!«, erklärte er schließlich, nahm die Katze auf den Arm und ließ sich in seinen Schaukelstuhl fallen.

Kai setzte sich auf einen Stapel Kaminholz und Moi nahe an das wärmende Feuer auf den Boden. So war es eine Weile ruhig, nur das Prasseln des Feuers und ein leises Katzenschnurren waren zu hören.

Der Weihnachtsmann hatte die Augen geschlossen – war er etwa eingeschlafen?

Kai und Moi warteten geduldig und schweigend.

Als der Weihnachtsmann nach einer ganzen Weile schwerfällig aus seinem Schaukelstuhl aufstand, sprang Kai auf und sah ihn hoffnungsvoll an.

Doch der Weihnachtsmann ging auf Moi zu und sagte: »Du bist ein tapferer kleiner Junge. Du hast keine Angst vor Herrn Bommel gehabt, warst höflich zu unserem Monsieur Napoleon, nicht gierig und maßlos angesichts der Leckereien am Schokoladenbaum, zeigtest dich hilfsbereit bei der schnatternden Luise und warst freundlich zu Hoppelfix. Selbst zu unserem Weihnachtself Kai, der ja nicht gerade nett zu dir war, als er dich traf, warst du nicht unfreundlich, hast ihn sogar begleitet und ihm geholfen. Du jammerst und zeterst nicht, dass Hoppelfix dich winzig klein geschrumpft hat. Du, mein lieber Moi, hast einen Wunsch frei.«

Moi musste nicht lange nachdenken.

»Ich wünsche mir eine neue rote Zipfelmütze mit weißer Bommel für den Weihnachtself Kai!«

»So, so«, sagte der Weihnachtsmann, und schmunzelte. »Nun zu dir, Kai«, sprach er weiter. »Du hast deine Mütze verloren, und damit automatisch auch dein Aufenthaltsrecht im Weihnachtswald. Du wolltest sogar eine Weihnachtsmütze stehlen! Du warst garstig und grummelig zum kleinen Moi, der hilflos und verzweifelt war. Aber du hast auch deine Idee, eine Mütze zu stehlen, nicht umgesetzt, du hast dich dafür geschämt, du hast Moi nicht allein gelassen und bist zu mir gekommen und nun bereit, meine Entscheidung hinzunehmen. Deshalb will ich dieses Mal gnädig sein.«

Kai hob langsam den hängenden Kopf und schaute den Weihnachtsmann beschämt an.

»Du darfst hierbleiben. Du bekommst eine neue Mütze – aber …«, der Weihnachtsmann machte eine bedächtige Pause, »… erst nächstes Jahr zur Weihnachtszeit, bis dahin darf unser kleiner Moi die Mütze tragen und sich alle Wünsche erfüllen.«

Kai sah den Weihnachtsmann dankbar an, seine Augen schimmerten feucht und ein dankbares Lächeln machte sich zwischen seinen spitzen Elfenohren breit.

»Vielen Dank, ehrenwerter Herr Weihnachtsmann. Ich werde jetzt immer gut auf meine Mütze aufpassen, und auf den kleinen Moi auch!«, sagte Kai feierlich.

Der Weihnachtsmann ging zu seinem Schreibtisch, zog eine Schublade auf und nahm eine Zipfelmütze heraus.

»Die gehört nun bis zur nächsten Weihnachtszeit dir, bitte schön, Moi.«

Moi war ganz sprachlos und murmelte nur ungläubig ein »Dankeschön!«

»Und nun auf auf, geht, ich habe noch viel zu tun«, sagte der Weihnachtsmann, und begleitet Kai und Moi zur Tür.

Kaum hatten sie das Blockhaus verlassen, setzte Moi die Mütze auf, und schon begann er zu wachsen, bis er seine ursprüngliche Größe erreicht hatte. Moi jauchzte und machte vor Freude ein paar Hüpfer im Schnee.

»Sag, Kai, war das wirklich der Weihnachtsmann? DER Weihnachtsmann?«, fragte Moi.

Kai lachte.

»Nee, der Osterhase. Ja, was denkst denn du!«

»Aber der Weihnachtsmann in meinem Bilderbuch, und auch der in der Reklame im Fernsehen, und die in den Kaufhäusern sehen ganz anders aus! Die sind ganz dick, haben lange weiße Bärte und tragen rote Mäntel mit weißem Pelz, und natürlich so eine Mütze, wie ihr … äh … wir sie haben«, sagte Moi.

»So sieht der Weihnachtsmann ja auch aus, aber nur zu Weihnachten, und Weihnachten haben wir ja noch nicht!«, erklärte Kai.

»Ach so ist das«, sagte Moi, und dabei entwich ihm ein herzhaftes Gähnen. »Können wir vielleicht irgendwo Rast machen? Ich bin vom Sitzen am warmen Kamin ganz müde geworden«, fügte er mit einem weiteren Gähnen hinzu.

Kaum hatte er den Wusch ausgesprochen, da saß Kai auch schon mit Moi in einer gemütlichen warmen Hütte im Ohrensessel, eingehüllt in eine kuschlige Decke, und vor sich einen Becher mit heißem Kakao, Sahnehäubchen und einem Teller voller köstlich aussehender Plätzchen. Moi lächelte. »Ach ja, ich hab ja die Zaubermütze«, sagte er, und gähnte schon wieder. Dann fielen ihm die Augen zu.

***

»Moi! Moi, wach auf, du kannst doch nicht hier auf der Fensterbank schlafen!« Mois Mutter stand vor ihm und sah entgeistert auf ihren Sohn hinab. Dieser rieb sich die Augen.

»Ich hatte einen wunderschönen Traum«, erzählte er seiner Mutter auf dem Weg ins Bett.

»Erzähl ihn mir morgen früh, es ist schon spät und deine Äuglein sind schon ganz winzigklein!«, antwortet Mois Mutter, und fügte hinzu: »Und setz die rote Zipfelmütze ab! Von wem hast du die eigentlich geschenkt bekommen?«

Sallys Tipp: Vegane und glutenfreie Schokolade

Nachdem Moi im zauberhaften Weihnachtswald leckere heiße Schokolade genossen hat, kommt bei mancher Leserin oder manchem Leser vielleicht ebenfalls Appetit auf diese Köstlichkeit auf. Wie gut, dass die Autorin auch hier einen tollen Tipp hat – und der ist sogar für die Menschen geeignet, die sich vegan und glutenfrei ernähren.

***

Grundzutaten:

- ♥ 30 g Kakaobutter (am besten Drops)
- ♥ 30 g Mandelmus
- ♥ 10 g Kakaopulver
- ♥ 1 Prise Vanille
- ♥ 1 Prise Salz
- ♥ 20–30 g Argavendicksaft

Zubereitung:

Die Kakaobutter im Wasserbad schmelzen. Die restlichen Zutaten verrühren, Kakaobutter dazu geben, glattrühren. Die Masse anschließend in eine Tafel- oder Pralinenform gießen und kaltstellen.

Dem Grundrezept kann nach Belieben Zimt, Nüsse oder Rosinen zugefügt werden. Der Fantasie sind keine Grenzen gesetzt.

Du kannst sie auch mit Holzstäbchen versehen, dann kannst du mit heißer Mandel- oder Sojamilch eine köstliche heiße Schoki daraus zaubern.

Ein Gruß von der Autorin

Warum ich Weihnachtsbücher schreibe? Ich bin ein bekennender und glühender Weihnachts-Fan. Ich möchte dieses warme Kribbeln im Bauch, das sich beim Anblick der ersten Lebkuchen in den Regalen einstellt, einfangen.

Weihnachten, das ist Vorfreude, Aufregung, Spannung, Emotionen pur. In Punkto Weihnachtstraditionen bin ich sehr tolerant. Ob Christkind oder Santa Claus, ob Engel oder Weihnachtself, begeistern können sie mich alle. Kritische Stimmen behaupten, Weihnachten sei nur noch ein gigantisches Konsumfest. Ich sehe das anders. Ich liebe es, durch die Stadt zu bummeln und Geschenke für die Familie und Freunde zu suchen. Wie schön ist es doch, sich die überraschten Gesichter der Beschenkten auszumalen, wenn ich das richtige Geschenk ausgewählt habe!

Weihnachten, das ist das Fest der Traditionen. Jede Familie, jedes Land hat seine eigenen. Wie herrlich ist es, den Weihnachtsschmuck hervorzuholen, all die Stücke jedes Jahr aufs Neue zu betrachten und die Geschichten und Erinnerungen daran zu erzählen! Welch Ereignis, die überlieferten Backrezepte aufzuschlagen und das Haus mit dem Duft nach Vanille und Zimt zu füllen! Die Abende, an denen die immer gleichen Weihnachtsfilme geschaut werden, und die Freude, wenn ein neuer Film entdeckt wird, der sich als würdig erweist, in die Sammlung aufgenommen zu werden! Weihnachten, das ist für mich ein Stück Sicherheit, die Gewissheit, dass es in dieser hektischen und oft grausamen Welt mit ihren zahllosen Problemen etwas gibt, das immer wiederkehrt und einfach nur schön ist.

Diesen Zauber der Weihnacht möchte ich an meine Leserinnen und Leser weitergeben.

Ich wünsche mir, dass Sie mit mir der Magie des Weihnachtsfestes erliegen, und ich hoffe, Sie genießen das Fest ebenso wie ich!

Printed in Poland
by Amazon Fulfillment
Poland Sp. z o.o., Wrocław

62612852R00082